国家古籍整理出版专项经费资助项目

朱熹集

黄珅 导读

曾枣庄 审阅

章培恒 安平秋 马樟根 主编

中华文史名著精选精译精注
·
全民阅读版

凤凰出版社

图书在版编目（CIP）数据

朱熹集 / 黄珅导读. -- 南京：凤凰出版社，2020.8
（中华文史名著精选精译精注：全民阅读版 / 章培恒，安平秋，马樟根主编）
ISBN 978-7-5506-3154-0

Ⅰ. ①朱… Ⅱ. ①黄… Ⅲ. ①古典诗歌－诗集－中国－南宋②古典散文－散文集－中国－南宋 Ⅳ. ①I214.422

中国版本图书馆CIP数据核字(2020)第062969号

书　　　名	朱熹集
导　　　读	黄　珅
责任编辑	李　霏
书籍设计	徐　慧
出版发行	凤凰出版社(原江苏古籍出版社)
	发行部电话 025-83223462
出版社地址	南京市中央路165号，邮编：210009
出版社网址	http://www.fhcbs.com
照　　　排	凤凰零距离数字印前中心
印　　　刷	苏州市越洋印刷有限公司
	苏州市吴中区南官渡路20号　邮编:215104
开　　　本	880毫米×1230毫米　1/32
印　　　张	7.5
字　　　数	155千字
版　　　次	2020年8月第1版　2020年8月第1次印刷
标准书号	ISBN 978-7-5506-3154-0
定　　　价	39.00元
	(本书凡印装错误可向承印厂调换,电话:0512-68180638)

丛书编委会

顾问

周林　邓广铭　白寿彝

主编

章培恒　安平秋　马樟根

编委

马樟根　平慧善　安平秋　刘烈茂
许嘉璐　李国祥　金开诚　周勋初
宗福邦　段文桂　董治安　倪其心
黄永年　章培恒　曾枣庄
（以上为常务编委）

王达津　吕绍纲　刘仁清　刘乾先
李运益　杨金鼎　曹亦冰　常绍温
裴汝诚
（以上为编委）

目录

导读 ……………………………………………… 1

诗 ……………………………………………… 1

远游篇 ……………………………………… 3
斋居闻磬 …………………………………… 7
六月十五日诣水公庵雨作 ………………… 9
拜张魏公墓下 ……………………………… 12
九月六日早发潭溪,夜登云谷,翌旦赋此 ……… 18
次韵刘彦采观雪之句 ……………………… 21
奉同尤延之提举庐山杂咏十四篇(选一) ……… 25
斋居感兴二十首(选一) …………………… 28
寿母生朝 …………………………………… 32
复用前韵敬别机仲 ………………………… 35
题祝生画 …………………………………… 40
孤鹤思太清 ………………………………… 44

咏岩桂二首 …………………………… 46

挽刘宝学二首 ………………………… 49

挽刘枢密三首 ………………………… 52

九日 …………………………………… 56

伏读二刘公瑞岩留题,感事兴怀,至于陨涕。
　　追次元韵,偶成二篇 ……………… 58

新喻西境 ……………………………… 62

山行两日,至金步,复见平川,行夷路,计程
　　七日可到家矣 …………………… 64

宿山寺闻蝉作 ………………………… 66

观刘氏山馆壁间所画四时景物,各有深趣,
　　因为六言一绝,复以其句为题,作五言四咏
　　(选二) …………………………… 67

百丈山六咏(选一) …………………… 68

武夷精舍杂咏(选一) ………………… 69

元范尊兄示及十梅诗,风格清新,意寄深远,
　　吟玩累日,欲和不能。昨夕自白鹿玉涧归,
　　偶得数语(选一) ………………… 70

涉涧水作 ……………………………… 71

春日 …………………………………… 72

观书有感二首 ………………………… 74

次子有闻捷韵四首 …………………… 76

醉下祝融峰作 ………………………… 78

到袁州二首（选一）…………………… 79

别韵赋一篇 …………………………… 80

次韵择之见路旁乱草有感 …………… 81

次韵陈休斋莲华峰之作 ……………… 82

淳熙甲辰中春，精舍闲居，戏作武夷棹歌十

　首，呈诸同游，相与一笑 …………… 84

水口行舟二首 ………………………… 88

武林 …………………………………… 89

闻蛙 …………………………………… 90

壬子三月二十七日闻迅雷有感 ……… 91

文 …………………………………… 93

壬午应诏封事 ………………………… 95

与陈侍郎书 …………………………… 130

送郭拱辰序 …………………………… 143

百丈山记 ……………………………… 146

与龚参政书 …………………………… 150

诗集传序 ……………………………… 153

江陵府曲江楼记 ……………………… 161

祭吕伯恭著作文 …………………… 166

上宰相书 ……………………………… 172

感春赋 ………………………………… 188

丞相李公奏议后序 …………………… 191

记孙觌事 ……………………………… 199

大学章句序 …………………………… 202

楚辞集注序 …………………………… 209

黄子厚诗序 …………………………… 215

导读

一

宋高宗(赵构)建炎四年(1130),朱熹在南剑州(治所在今福建南平)尤溪县城外毓秀峰下郑氏馆舍出生。

朱熹字元晦,改字仲晦,别号晦庵、晦翁、遯翁、云谷老人、沧州病叟等。祖籍徽州婺源县(今江西婺源)松岩里。父朱松,字乔年,号韦斋。高宗绍兴十三年(1143),朱松病危,临终前将家事托付给崇安刘子羽,并留下遗言,叫朱熹向胡宪、胡勉之、刘子翚三人求教。朱松死后,朱熹遵嘱从建州(今福建建瓯)城南迁居崇安县五夫里,师事胡宪等三人。刘子羽等将他看作子侄,刘勉之还将女儿嫁给他。绍兴十八年(1148),朱熹中进士。二十三年,拜李侗为师。李侗受学罗从彦,是杨时再传弟子,而杨时则为理学奠基者程颢、程颐门下四大弟子之一。朱熹年轻时好佛、道之学,自入李侗之门,始专心儒学,致力于日用之间的切实工夫,他曾用"鸢飞鱼跃"四字,来概括自己这时学术思想的转变。

绍兴二十三年(1153)，朱熹出任泉州同安县主簿，在任三年。这是他第一次从政。以后长达二十多年的时间里，朱熹一直在崇安著述讲学。绍兴三十二年(1162)，高宗内禅，孝宗(赵昚)即位，因国事日非，乃诏求直言。朱熹应诏上《壬午封事》。次年(隆兴元年)，蒙孝宗召见，在垂拱殿奉事，连上三札，重申前议。这几篇奏议集中体现了朱熹早年的政治主张，其内容包括三个方面：一、论帝王之学，希望孝宗从"格物致知""正心诚意"做起，穷究事物之变，应接天下之务；二、论抗金复仇之义，强调和议有百害而无一利；三、论本原之地，提出"正朝廷""立纪纲""厉风俗""选守令"的主张。

孝宗淳熙五年(1178)，朱熹被任命知南康军(治所在今江西星子)，次年到任。这是他第二次从政。当时正值灾荒，朱熹竭尽全力，筹办赈济，减免赋税，修筑江堤，助民度荒。同时积极办学，在庐山修复了久已废弃的白鹿洞书院。淳熙七年，诏监司、郡守陈述民间利病。朱熹应诏上《庚子封事》，言天下大事，以体恤百姓为最，而体恤百姓之本，又在君王正心术、立纪纲；指责孝宗不信先王大道，亲近嗜利无耻之徒，不能体恤百姓、报仇雪耻。据史载，孝宗阅后，勃然大怒说："这不是将我看作亡国之君吗！"淳熙八年，浙东饥荒，朱熹被任命为提举浙东常平茶盐公事，即日单车就道。在任期间，他访察民情，弹劾了隐瞒灾情、谎报政绩、横征暴敛的官吏和兼并土地、拒绝赈粜的豪强，从各个方面赈灾救荒，并随时谋划，以为久远之计。

朱氏原为婺源著姓，但由于朱熹祖父以上三代都不曾出仕，故家境败落。朱熹父朱松长期被排挤,职位卑下,俸禄甚微,以至居无守所,死后安葬在公共庙田之中。朱熹迁居崇安,生活费用全靠刘子羽资助。他一生从政时间甚短,收入有限,平日生活十分节俭;加上长期居住乡间,了解下层民众的疾苦,对他们怀有同情之心,故能在任职期间尽力做一些有利百姓的事。

朱熹在知南康军、出使浙东之时,有以身殉国意,故不畏危难,兴利除害。但当时腐败的官僚政治,使他实在无法有所作为。特别是他在淳熙九年(1182)弹劾前知州唐仲友的不法后,唐的姻亲宰相王淮顿时翻脸,极力诋毁朱熹,攻击道学。在这种打击下,朱熹再次提出辞呈。此后数年,一直闭门不出,潜心讲学;但忧国之意,实难忘怀。淳熙十五年(1188),朱熹应召进京,有人在路上对他说:"当今皇上厌恶正心诚意之说,你千万别谈。"朱熹答道:"我生平所学,只此四字,怎么可以隐藏在心中,欺骗皇上呢?"同年,他上了著名的《戊申封事》。在这篇长达一万五千字的宏文中,朱熹指出,当时天下大势如人重病在身,十分危险。认为天下大事本在君王之心,君王心思端正,天下之事就无一不正;君王心术不正,天下之事就无一能正。提出眼下最需急办的事是辅翼太子、选任大臣、振举纲纪、变化风俗、爱养民力、修明军政六项。和以往一样,朱熹在封事中还痛斥了君王亲信、朝廷大臣的贪婪无能。朱松是个激进的抗金派,因上书反对议和,得罪秦桧,被排斥出朝,而为时人推重。朱熹自小就继承父志。在孝宗即位之初,他上封事,力主抗金,反对和议。而在这篇封事中,对此却置而不论。其原因在于:朱熹认为早先宋朝尚有恢复中原之望,此时由于纲维懈弛,国内矛盾重重,若不先整饬内务,根本就无力抗击敌人。因此,不能说他当时已把抗战之事抛在脑后。实际上,他正是将端正君王心意、整饬国家纲纪,作为收复中原的前提。据史载,这篇封事上奏之时,孝宗已经就寝。看到封事后,急忙起身,秉烛夜读,被朱熹的忧国热诚深深感动。

淳熙十六年(1189),孝宗内禅,光宗(赵惇)即位。朱熹受命知漳州,次年(绍熙元年)到任。在任期间,朱熹破除了当地的一些陋俗。当时贫民失去产业,却仍须纳税;而富豪产业日多,纳税反少,因此苦乐不均,公私受弊。针对这种现象,朱熹提出"经界法"。其基本内容是,通过核实田亩以确定税额。由于这项措施触犯了地方豪绅的利益,故未能实行。绍熙四年(1193),朱熹被任命为知潭州、荆湖南路安抚使,次年到任。尽管朱熹对下层民众的困苦怀同情之心,并且清楚地看到,当时的农民暴动,都是由于饥饿和官吏的逼迫造成,但他还是反对这种"犯上作乱"的行为。在任期间,他用镇压、安抚、存恤等种种办法,平息了当地少数民族的起义。与此同时,朱熹还创办了岳麓书院,希望通过儒家教育,消除民众的反抗意识。

绍熙五年(1194),光宗内禅,宁宗(赵扩)即位。由于宰相赵汝愚的推荐,朱熹任焕章阁待制兼侍讲。他利用进讲之便,多次攻击执政韩侂胄。韩侂胄为太皇太后亲戚,且有拥立宁宗的决策之功。朱熹对韩的攻击,引起了宁宗的不满,同年将他罢职出朝,让他回建阳县(今福建建阳)居住。庆元元年(1195),赵汝愚罢相,次年遇害。韩侂胄指使党羽,上疏指控朱熹罪行,称道学为"伪学"。庆元四年,又订立"伪学逆党籍","伪学"进而变为"逆党",史称"庆元党禁"。当时朝廷对所谓党人排摈诋辱,可谓无所不至,使得人人自危,以至无所容身。朱熹也曾多次离家出走，到各处避难。但在此期间，他仍不忘著述讲学，直到临终前三天，还在修改《大学章句》及《楚辞集注》。

庆元六年（1200）三月初九，朱熹在建宁府建阳县考亭沧洲精舍去世，年七十一岁。十一月，被安葬在建阳唐石里（今黄坑镇）大林谷九峰山下。

二

朱熹的一生，从政时间前后共计才七年，立朝仅四十余日，在政治上并无多大建树。朱熹所以能名重一时并影响后人，在于他对当时所有的学说进行了分析研究，综合扩充，从而建立起一个完整的理论体系，成为宋代理学的集大成者。

戴震指出，理学的"理"，实从道、佛的"真宰""真空"转化而来。宋代理学家以儒家伦理思想为核心，吸取道家有关宇宙生成、万物化生的观点和佛教的思辨哲学，将"理"看作是宇宙的最高本体、万物产生的本原，其治经多以阐释义理、兼谈性命为主，从而形成了一种独特的理论形态——理学。

朱熹哲学的基石是理气说。理为形而上之道，气为形而下之器。理是先天的、永恒的，是物质世界存在的本原。理始终处在"动静无端"的循环运动中。经过自我分化运动，理就转化为自己的对立物——物质性的气。故天下没有无理之气，也没有无气之理。理气相依而不能相离，但理为气主，理在气先。

理在产生气之后,便作为气的本体或本质存在于气之中,人是理与气结合的产物。人所禀赋的天理产生"天命之性"(道心),而所禀赋的气质则产生"气质之性"(人心、人欲)。朱熹继承了二程、张载的人性论,认为气质之性是一切罪恶的根源,主张以天理克服人欲,用道心主宰人心。

朱熹的认识论是"格物致知"说,格物的目的是致知。理是抽象的,物是具体的,但要穷尽抽象的理,却离不开具体的物。故朱熹说,他的学问乃铢积寸累而成。出于穷理尽性的需要,朱熹还主张以践实(即躬行实践)和居敬(即遇事专一)为主要的修养功夫。

朱熹经常提及事物的对立性,看到自然界的现象有阴阳、昼夜、清浊、高下、大小等差别。他指出:凡事无不相反以相成,在一个统一体中,必然存在着两个互相矛盾、又互相依赖的对立面;正是这种既对立又统一的现象,才促成了万物的发展和变化。他对《周易》中"化而裁之谓之变"一语,作了新的解释。认为事物运动的形式有"化"和"变"两种;"化"是渐渐转变的量变,"变"是前后截然不同的质变;这种"变化",也是相对的,不可分割的。在他唯心主义的哲学体系中,不乏辩证的思想。

朱熹认为《易》本卜筮之书,可是《十翼》在解释经文上却多依据义理,故解《易》应该象数与义理并重。他受到当时民间文艺的影响,力破《诗序》的穿凿之弊,就诗论《诗》,直截了当地指出《国风》中有不少淫诗,对后人进一步从纯文学的角度研究《诗》有启发的作用。就《春秋》而言,他对传统注疏的穿凿附会十分不满,认为圣心正大,不应如是。朱熹研究"五经",完全不受传统的束缚,而以自己独特的眼光进行研究,从中显示出他超人的识见。朱熹一生精力,主要在讲解"四书",剖析疑似,辨别毫厘,阐扬微言大义。他以自己的哲学解释《大学》《中庸》,极力说明格物、穷理的重要,将"诚"说成是宇宙与人生二者之间一贯的原理。前人认为,理学的根本精神,就体现在朱熹对这些经籍的注释之中。

淳熙二年(1175),朱熹、吕祖谦和陆九龄、陆九渊在信州(州治在今江西上饶)鹅湖寺相会,讨论学术异同。这次会晤,充分反映出理学内部以朱熹为代表的(狭义)理学派和以陆九渊为代表的心学派之间的重大分歧。朱熹认为天地万物都禀理而生,心则是天理的体现。由于心常为物欲所蔽,故要使心复归于明,必须就事事物物穷理。而陆九渊则认为心就是理,把心直接看作世界的本体,人的认识只需通过内检省察的功夫,无用外求;世界上唯一真实存在的只有"我"和我的理性——心。所以他直截了当地说:宇宙就是我的心,我的心就是宇宙。陆九渊主张"尊德性",批评朱熹学派不求诸本心,而专意于名物度数的追求,只是一种艰难支离、劳而无功的事业。朱熹则认为不能专谈"尊德性"而不重"道问学"。他指出治学的方法,最好是居敬(存心)和穷理(致知)二者的并用,从博览群书和对外物的观察中来启发内心的知识。他还批评陆九渊的言论全是禅学,只是变其名号而已。

孟子提出有两种治道:王道和霸道。朱熹认为,三代帝王行天理,是王道;汉唐以来行人欲,是霸道。因为后来的统治者,都只是满足自己的淫欲,而不顾百姓的利益。儒家在政治上以德治为基本主张,朱熹以儒家正统继承者自命,必然主张依据仁心,施行仁政,将道义作为一切政治设施的准则。认为一切急功好利的措施,以及权谋术数之用,都应在排斥之列。由此,他批评了陈亮等人的事功之学。同时,他也遭到了功利派的反批评。陈亮等人明确指出:理学家空谈心性命理,根本无补于国计民生,提出一切应以实用为主,以合时宜为主。朱熹所注重的,确实是超现实的、抽象的理。但他行天道、植纲常的政治伦理观,对激发民族意识、培养浩然正气,能起到一定的作用。后来的民族英雄如文天祥、谢枋得、顾炎武等人,都笃信朱学,受其影响,便是很好的说明。

据史载,朱熹刚会说话时,朱松指着天对他说:"这是天。"朱熹就问道:"天上面又是什么?"朱熹自称,他还在五六岁时,就已为天地外究竟有些什么东西而烦恼。正是这种好疑和钻研精神,使得他在自然科学领域内取得了非凡的成就。朱熹指出:宇宙间当初只有阴阳二气。气在摩擦、运动之中,生出许多渣滓(气团)。这些渣滓(气团)的凝积聚集,便形成了日、月、地球、星辰。这比西方康德关于太阳系起源的星云说,要早近六百年。他认为宇宙无穷无尽,地球在天的中间,形如馒头,随天转动。他还在一定程度上认识到了地球自转和公转的道理。他认为月蚀在一定程度上乃是地球转到月亮前面,将它的光遮住了;指出星辰之光并非太阳的反照,而是它们自身能够发光。在地理学上,朱熹提出了"水随山行"说。尽管他生平未曾到过北方,但通过披阅地图,却能正确地推知北方某些水系的流向。他从高山上有螺贝壳生在石中,断定这里原是大海,后来变迁为陆地。这比西方达·芬奇发现化石也要早三百年。朱熹认为第一个人由"气化"而成,是自然变化出来的;而在西方,直到七百年后达尔文出现,才推翻了上帝创造人的说法。他指出万物所以各异其形、各殊其性,是由于"气种"(遗传因子)在起作用,而这正是当代科学研究的一个课题。他还推究宇宙生命无论大小,无不处在不断变化的过程之中。他还正确解释了许多自然现象,破除了不少传统的迷信看法。

朱熹认为教育的目的,在于变化气质之性,恢复本然之性,使青年都能以圣贤自任,从事修身、齐家、治国、平天下的大业。为此他提出教育必须诱导学生实践下列五项步骤:立志、坚毅、用敬、求知、践实。他对当时的科举和学校均深为不满,认为科举已经百病丛生,是"法弊";理想的学校,应分小学、大学二级:小学注重礼、乐、射、御、书、数之"事",大学则注重致知、格物之"理"。他采取启发式的教育手段,要求读书之前,必须提出疑问,在读书过程中逐渐消除疑问。朱熹一生从事教育五十余年。他主办的白鹿洞书院,是全国四大书院之一;他亲手制订的《白鹿洞学规》,也成了各书院的楷模。朱熹死后,他的学生也都仿效先师,在各地讲学,推动了文化教育的发展。

全祖望称朱熹"致广大,极精微"。朱熹为了格物穷理,通过读书博览,成为孔子以后屈指可数的博学者。所谓"广大",是指他的研究涉及经学、理学、佛学、史学、文学、乐律、教育,乃至自然科学等各个领域;所谓"精微",就是他对各种自然现象和社会现象的观察更加仔细,研究更加深入。由此,朱熹成了一个承前启后、综罗百代的大学者。

朱熹曾说,他的学说,不仅希望能在当代实现,还希望能对后世产生影响。这句话倒是应验了。朱熹生前并不得志,晚年更是厄运临头,就连学生为他送葬,也受到监视和限制。但在他死后九年,情况发生了变化。他被追谥曰"文";宋理宗自称读朱熹书,爱不释手。元、明以后,朱熹身价日增。明代下令天下学宫祭祀朱熹,科举内容基本上采用朱学。清康熙帝为《朱子全书》作序,称他传千百年已绝之学,立亿万世一定之规,乃至有"宗孔子,不得不宗朱子"之说。朱熹学说,因此而风靡天下,盛极一时,支配和控制了士人的思想,成为封建社会后期官方的御用哲学和巩固封建统治的精神支柱。朱熹的巨大影响,还传到国外。如在日本德川幕府三百年中,朱学在学术界一直占据着统治的地位。

三

朱熹所处的时代,文学的实际势力和影响要比理学大得多。为了使人们皈依理学,朱熹必然要把文学作为攻击的对象,说出了作诗无益这样的偏激之言。但他实际上非常重视诗文"兴观群怨"的作用、陶冶情性的作用、言志抒情的作用,在一定程度上,还认识到文学反映现实、推动斗争的作用,而对纯艺术的作品也不完全持否定的态度。朱熹的忧时之心,使他把这种认识付之实践,利用文学创作和批评,议论时政,抒写情怀,直接发挥了它的作用。

朱熹的文学观,和他的哲学思想有着密切的联系。他的文道说,是和理气说相呼应的。作为一个理本体论者,朱熹认为文是道派生的。但他又强调理、气有别,因此不否认文的相对独立地位。

由此,他并没有像某些理学家那样,唯道是尊,将文一笔抹杀。相反,他看到明道不能离开文辞,不学文则无以识事理之当否,因此一面强调"明理",一面也注意"学文"。

朱熹的诗、文,无论在内容和形式上,都有着明显的区别。他的文章,绝大部分是奏议、书信、序文,基本上都在谈道说理,论述时事,具有鲜明的政治色彩。而诗则正好相反。"只凭诗律作生涯,到处山林总是家。"朱熹性好山水,每观一水一石,一草一木,都赏玩不已。他的诗,大多是流连光景、吟咏情性之作。

清冯班说宋儒有四大病,其中一条是不会做文章。但朱熹应算是个例外。黄榦说他天才卓绝、学力宏肆;落笔成章,如同天造。朱熹自称年轻时爱读韩愈、曾巩之文;陆九渊称赞他的文章,也和曾文一样,简健有力。朱熹论诗,推重陶渊明、韦应物、柳宗元,认为好诗必须有自然之趣、隽永之味,屏除俗气,超然自得。同时,他又认为诗文必须劲健有力,故于当代作家,最推重陆游。正由于朱熹主张文质相兼,强调作品内容和形式的统一,又具有较高的文学修养,在谈论创作时颇有独到之见,所以他自己所作的诗文,也都卓然成家,得到历代文人学士的好评。

朱熹一生,著述宏富。其中主要有《朱子大全》《朱子语类》《周易本义》《书集传》《诗集传》《四书章句集注》《楚辞集注》《韩文考异》《资治通鉴纲目》《八朝名臣言行录》《伊川渊源录》《近思录》等数十种。本书所选诗文,在朱熹全部著作中,可谓沧海一勺。要从这一勺水尝到海味,从中了解朱熹,实非易事。为了让读者看了本书之后,能尽可能多得一些收益,编者在选录时主要依据下面两个标准:

一、所选作品,具有较大的代表性,能比较集中地反映朱熹的思想;而这些思想,又都具有一定的深度,至今仍能给人以启示和裨益。

二、所选作品,具有较高的艺术性。这一点,在选诗时,更是有所侧重。在今译方面,文以准确为主;诗则力求能保持原作的风神韵味。对那些短小且原文已通晓平易的绝句,只作注释,未加今译。

由于时间仓促,水平有限,本书一定有缺点错误,欢迎读者给以批评指正。

黄　珅(华东师范大学古籍研究所)

诗

远游篇

这首五言古诗,可能作于朱熹早年。作者借题发挥,抒写了自己的抱负。远游路途的重重险阻,象征着人生道路的艰难;而那种越险摧坚、不可阻挡的气概,正是作者对自己的鞭策。这首诗言词慷慨,音节响亮,抒写自如,气度不凡,充分表现出一个青年对理想执着的追求和对未来无限的向往。

举坐且停酒,听我歌远游。 远游何所至? 咫尺视九州①。

九州何茫茫,环海以为疆。 上有孤凤翔,下有神驹骧②。 孰能不惮远,为我游其方? 为子奉尊酒,击铗歌慨慷。 送子临大路,寒日为无光。 悲风来远壑,执手空徊徨。 问子何所之? 行矣戒关梁③。 世路百险艰,出门始忧伤。 东征忧旸谷④,西游畏羊肠⑤。 南辕犯疠毒,北驾风裂裳。 愿子驰坚车,躐险摧其刚⑥。 峨峨既不支,琐琐谁能当? 朝登南极道,暮宿临太行⑦。 睥睨即万里⑧,超忽凌八荒⑨。 无为蹩躠者⑩,终日守空堂。

---

①"咫尺"句:咫尺,八寸为咫,比喻距离很近。九州,古称中国为神州,与神州等同的州有九个,称"大九州"。这句诗是说把九州之大,看得像咫尺一般近在眼前。 ②骧(xiāng):马奔跑。 ③关梁:指水陆要会之处。关,关门;梁,津梁。 ④旸(yáng)谷:古代称太阳升起的地方为旸谷。 ⑤羊肠:坂名,在山西静乐县境,为战国时赵国险塞,后用以指崎岖曲折的小径。 ⑥躐(liè):超越,践踏。 ⑦太行:绵延山西、河北、河南三省的大山脉。 ⑧睥睨(bì nì):斜视。 ⑨八荒:八方荒远之地。八方指四方和四隅。 ⑩蹩躠(bié xiè):跛行。

翻译

在座的请放下酒杯,
听我为远游歌唱。
远游到什么地方?
九州就好像近在身旁。

九州是那么旷远,
四周的大海是它的边疆。
上面有凤凰飞翔,

下面有骏马奔驰。
谁能不畏遥远,
为我前往游访?
我敬你一杯美酒,
击剑高歌,慷慨悲壮。
我送你踏上大路,
太阳变得凄冷无光。
悲风从远山吹来,
握着双手,去意彷徨。
请问你将去到何处?
行路要处处提防。
世途充满了艰险,
出门才感到忧伤。
向东担忧灼人的旸谷,
向西害怕崎岖的羊肠。
向南碰上瘴疠的毒焰,
向北寒风撕裂了衣裳。
希望你驾驶坚固的车辆,
无坚不摧,无险不闯!
巍峨的山峰都不在话下,
低矮的土丘又怎能阻挡?

远游篇

清晨踏上南极的道路,
傍晚投宿已接近太行。
转瞬间已是万里行程,
一下子越过荒远的地方。
切莫像那跛行的人,
整天守着一座空房!

斋居闻磬

朱熹论诗,推重陶渊明、韦应物、柳宗元。他自己作诗,也从陶、韦、柳的门庭中来。如这首诗,在静寂的环境中描写磬响,于无语之处寄托幽情,意境深远,趣味雅洁,言辞简约,神味隽永,萧然脱俗,纯是天籁。朱熹早年,曾留心佛、道之学,以后则百般攻击,不遗余力。从末句看,这首诗当作于他青年时期。

幽林滴露稀,华月流空爽。 独士守寒栖,高斋绝群想。 此时邻磬发①,声合前山响。 起对《玉书》文②,谁知道机长③?

---

① 磬(qìng):用玉石或金属做成的乐器,形状如曲尺。 ② 玉书:道教经名,即《黄庭内景经》。 ③ 道机:即道心,悟道之心。

翻译

露珠稀疏,
  滴在幽寂的林莽;

夜空高爽,
流着皎洁的月光。
唯有士人,
守着清贫的茅房;
高处独居,
断绝了各种杂想。
正当此时,
邻家的磬声远扬;
传遍前山,
引起了一片回响。
肃然而起,
面对着《玉书》篇章;
又有谁知,
道心在暗中滋长?

六月十五日诣水公庵雨作

这首诗是朱熹于夏日出游途中忽遇阵雨,有感而作。全诗分四个层次:"云起欲为雨"四句,写中途遇雨景象;"空际旱尘灭"四句,写至庵后观雨的情景;"况此高人居"四句,写雨中在庵中所见;末四句则道雨后心情。前面八句,节奏甚快,形象鲜明,诗中抓住急雨前后景物变化的一些特征(如"云起""晦明""岭断""林鸣""尘灭""凉思""滴沥""流泉"),用"欲""才""已""忽"等强调时间变化的字眼,将它们串连起来,使诗中的形象处于一种快速流动的过程之中。故此诗前半部分的描写,也如一场急雨,富于变化。后面八句,诗境淡远,词句清丽,既切合雨后景色,也与人一洗烦溽后的心情吻合。

云起欲为雨,中川分晦明①。 才惊横岭断,已觉疏林鸣。 空际旱尘灭,虚堂凉思生。 颓檐滴沥余,忽作流泉倾。 况此高人居,地偏园景清。 芳馨杂悄茜,俯仰同鲜荣。 我来偶兹适②,中怀澹无营。 归路绿泱漭③,因之想岩耕。

①"中川"句:写云遮之处,水面便暗;无云之处,水面还明。正是"云起"景象。 ② 兹适:即适兹,到此。 ③ 泱漭:广大貌。

翻译

乌云在眼前出现,
一场急雨即将来临。
那不平静的河面,
出现了或明或暗的光景。
我刚为乌云遮山惊奇,
就已听到林间的雨声。
那倏忽而来的大雨,
洗尽了空中的炎氛。
悠闲地坐在庵堂之上,
清凉的感觉油然而生。
在檐上滴了一阵的雨水,
忽然如同山泉一般倒倾。
何况高人居住的地方,
僻静的小园是那么清新。
香花夹杂着幽草,
在风中起伏相亲。
经过雨水的滋润,

更加显得鲜艳茂盛。
我碰巧来到这里,
万念俱消,意闲心澄。
雨霁天清,踏上归程,
四顾都是无边的绿荫。
面对着如此佳景,
令人更怀想躬耕山林。

六月十五日诣水公庵雨作

拜张魏公墓下

宋孝宗乾道三年(1167)冬,朱熹偕挚友张栻游南岳衡山,同时祭扫了张浚的墓,并写了这首诗。张浚(1097—1164),字德远,汉州绵竹(今属四川)人,张栻之父。高宗时曾任宰相,力主抗金,重用韩世忠、岳飞等名将。秦桧主和议,被贬官在外近二十年。孝宗即位,再次入朝,封魏国公。后又被主和派排挤去职。根据他的遗嘱,死后埋葬在衡山脚下。朱熹在政治上属于主战派,他对当时的抗金名将深表钦敬,对他们的不幸遭遇十分同情,对和议之事极其痛恨。诗中将叙事、议论、抒情结合起来,通过赞美张浚的功德,鲜明地表达了他的政治倾向,一片忧国心,满纸伤时泪。这首诗气象阔大,辞意激昂,悲壮慷慨,沉郁苍凉,写得声情并茂,具有很强的感染力量。

衡山何巍巍①,湘流亦汤汤②。 我公独何往?剑履在此堂③。 念昔中兴初④,孽竖倒冠裳⑤。 公时首建义,自此扶三纲⑥。 精忠贯宸极,孤愤摩穹苍。 元戎二十万,一旦先启行。 西征奠梁益⑦,

南辕抚江湘⑧。士心既豫附，国威亦张皇。缟素哭新宫⑨，哀声连万方。黜房闻褫魄⑩，经营久彷徨⑪。玉帛骤往来⑫，士马且伏藏。公谋适不用⑬，拱手迁南荒。白首复来归，发短丹心长。拳拳冀感格，汲汲勤修攘。天命竟难谌⑭，人事亦靡常。悠然谢台鼎，骑龙白云乡⑮。坐令此空山，名与日月彰。千秋定军垒⑯，岌嶪遥相望⑰。贱子来岁阴，烈风振高冈。下马九顿首，抚膺泪淋浪。山颓今几年⑱，志士日惨伤。中原尚腥膻，人类几豺狼⑲。公还浩无期，嗣德炜有光。恭惟宋社稷，永永垂无疆！

---

① 衡山：即五岳之一的南岳，在湖南中部，盘行数百里，有大小山峰七十二座。　② "湘流"句：湘流又名湘江，湖南最大的河流。汤汤(shāng)：大水急流貌。　③ 剑履：封建帝王赐给亲信大臣一种特殊待遇，受赐者可以不去剑不脱鞋(履)朝见皇帝。在这句诗中，剑履二字既用以表示张浚的身份，又泛指张浚的遗物。　④ 中兴初：指宋高宗南渡即位初期。　⑤ "孽竖"句：宋高宗建炎三年(1129)春，金兵南下入侵，高宗逃往钱塘，留下张浚统率军队。苗傅、刘正彦乘机作乱，强迫高宗退位。张浚传檄中外，讨伐苗、刘。这里的"孽竖"即指苗、刘。"倒冠裳"，比喻苗、刘颠倒君臣之道，犯上作乱。

⑥ 三纲:指君臣、父子、夫妇之道。由汉儒董仲舒提出,后经封建统治阶级加以系统化。　⑦ 梁益:梁州、益州,古代州名。梁州故地主要在今陕西南部,益州故地在今四川一带。　⑧ 江湘:江州、湘州。江州在今江西九江一带,湘州在今湖南长沙一带。　⑨ 新宫:新建的宫室或宗庙。这里是指宋钦宗刚死,宗庙内新设了他的牌位。　⑩ 褫(chǐ)魄:夺去魂魄。　⑪ "经营"句:据《宋史·张浚传》载,金国统帅粘罕病危时对手下将领说:"自从我带兵进攻中国,只有张枢密(浚)敢和我对抗。我在,尚不能取胜,我死后,你们应当加强自卫,打消进攻中国的念头。"而金国另一个统帅兀术曾在扬州集聚十万军队,想渡过长江与宋朝军队决战。一听到张浚已在镇江,马上吓得变了脸色,带着军队连夜逃走。这句诗意是金人早就预谋的侵略计划,因为遭到张浚的抵抗和反击,一直犹豫不决,不敢贸然施行。　⑫ 玉帛:瑞玉和缯帛,古代祭祀、会盟时用的珍贵礼品。引申为两国和好。　⑬ "公谋"句:据《左传》文公十三年载,士会欺骗秦国,逃归晋国。临行前,绕朝对他说:"子无谓秦无人,吾谋适不用耳。"意思是说你不要以为秦国无人觉察,我已识破你的骗局,只是我的看法碰巧不被采纳罢了。此句化用其意。　⑭ 谌(chén):相信。　⑮ "骑龙"句:苏轼《韩文公庙碑诗》:"公昔骑龙白云乡。"用以指隐遁或死亡。白云乡,传说中仙人居住的地方。　⑯ 定军:定军山,在今陕西勉县西南。诸葛亮死后,埋葬于此山。朱熹此句有将张浚与诸葛亮相比之意。　⑰ 岌嶪(jí yè):高大险峻貌。　⑱ 山颓:据《礼记·檀弓上》载,孔子早晨起来,一面在门前散步,一面歌唱道:"泰山其颓乎?梁木其坏乎?哲人其萎乎?"以泰山颓倒、梁木毁坏,比喻哲人病重。这里朱熹用以比喻张浚的去世。　⑲ "人类"

句:这句承上句而来,说中原尚在金人的统治下,人民几乎有变为异族的危险。

翻译

多么巍峨的衡山!
多么浩荡的湘江!
我们的张公呵,
如今,您去向何方?
唯有生前的剑器鞋物,
留在祠堂供人瞻仰。
追思国家复兴初期,
逆贼乘机作乱犯上。
您在这时首举义旗,
立志扶持君臣之纲。
一片忠心贯通北辰,
满怀孤愤青天回荡。
统率着二十万大军,
一朝启程,把军号吹响。
西征平定了川、陕,
南行安抚了赣、湘。
志士心诚意悦地归附麾下,
国家也极大地提高了威望。
您披着丧服为先帝去世痛哭,

拜张魏公墓下

悲痛的声音传遍四面八方。
狡诈的敌人听到您的名字，
顿时吓得魂飞魄丧。
他们早已策划好了行动，
由于您的抗击而犹豫彷徨。
哪想到和议占了上风，
财宝不断送入金人手掌。
驰骋疆场的战士军马，
此时反倒伏匿潜藏。
您抗战的主张不行于世，
还被贬到荒远的南方。
待到召回时已是满头白发，
可赤诚之心不减以往。
那出自肺腑的恳切之辞，
依然希望能够感通君王。
为整治内政，抵抗外敌，
您不辞辛劳，终日奔忙。
老天的意旨终不可信，
人世的事情竟也无常！
您飘然离开宰辅的高位，
骑着巨龙飞往白云之乡。
因此使得这沉寂的山峰，
声名与日月同样辉煌。

定军山下名垂千秋的营垒,
形势高险,与此遥遥相望。
我在寒冬来到这里,
烈风振动着高高的山冈。
下马长跪在您的墓前,
捶胸痛哭,泪水流满了脸庞。
您离开人世已有多少日子?
有志之士如今日益凄凉。
中原大地尚在敌人统治之下,
遗民的生活习惯几乎和异族一样。
期待您回到人世固然无望,
但您的高风亮节已重现在后嗣身上。
我衷心祝愿大宋王朝,
世世长在,万年无疆!

拜张魏公墓下

九月六日早发潭溪，夜登云谷，翌旦赋此

潭溪，在福建崇安五夫里，朱熹在父亲去世后，迁居到这里。云谷，在福建建阳芦山峰顶，地高气寒，上多飞云，朱熹爱其幽邃，称为云谷。诗中所写，并不是对山中胜景的观赏，而是寻求面对胜境的感受，指出要达到目的，决不可逃避攀登的艰险，其意和王安石的《游褒禅山记》相同。但朱熹没有像王安石那样就此大发议论，诗中通过形象地描绘途中的经历，多方面进行烘托渲染，最后才以结句点明主题，寓说理于抒情状物之中，在形式上显得比较凝炼。

怀山不能寐，中宵命行轩。 亭午息畏景，薄暮登危峦。 峻极逾百磴，萦纡欲千盘。 行行遂曛黑，月落天风寒。 羽人候中途①，良朋集林端。 问我何所迫，而尝兹险艰。 疲劳既云极，饥渴不能言。 投装卧中丘，幸此一室宽。 怒号竟永夕，客枕无时安。 旦起辟幽户，竹树青檀栾②。 惊喜非昔睹，披寻得新观。 淹留十日期③，俯仰有余

欢。寄语后来子,勿辞行路难。

---

① 羽人:神话中的飞仙,后称道士为羽人。 ② 檀栾:秀美貌,多形容竹。 ③ "淹留"句:《史记·范雎蔡泽列传》载,秦昭王与平原君书:"寡人愿与君为十日之饮。"后用以指朋友暂住欢聚。

翻译

我思念着山中的胜景,
辗转反侧,不能安眠;
急迫的心情难以按捺,
半夜就起身驱车向前。
为了躲避灼人的烈日,
中午只得作暂时停歇。
待到傍晚,夕阳西下,
才去攀登高耸的山峦。
上百级石阶多么险峻,
曲折的山路往复盘旋。
我一刻不停向上攀登,
夜色渐渐将景物遮掩。
月亮已从天幕中消失,
呼啸的山风凛冽生寒。

九月六日早发潭溪,夜登云谷,翌旦赋此

道士在途中热情相候，
朋友聚集在丛林之边。
问我究竟受什么驱迫，
定要经历这样的险难？
我只觉劳累到了极点，
又饥又渴，难以答言。
扔下行李在山中睡下，
庆幸还能有一室安眠。
山风竟整夜奔驰呼啸，
卧床一刻也不得安闲。
清晨推开昏暗的门户，
竹林是那么青翠娟妍。
这是从未见过的景象，
一阵惊喜涌上了心间。
披开丛林去四处寻找，
美景在眼前不断出现。
与朋友山中聚会十日，
随时随地都令人心欢。
通过这次难忘的游历，
我真心向后来人奉劝：
如果你想要寻求胜景，
就不可躲避途中的艰险。

次韵刘彦采观雪之句

这是朱熹在看了好友刘彦采的观雪诗后所作的一首和诗。次韵,也称步韵,即依照所和原诗的韵及其用韵的先后次序作诗。这首诗在表现手法上,颇能摆脱俗套。作者敏锐地抓住了一些最能传神的景象,细致地把它们表现出来。诗中没有任何静止的描写,一切都处在活动变化的过程之中。除了"飞花舞妍姿"这一句外,诗中没有其他比喻,这是因为下雪前后特有的动态景象,很难用比喻来表现。值得注意的是,作者并没有停留在对雪景的观赏和描写上面,结句笔锋一转,突然将人带入江北战场,托出一怀忧国之情,将诗意推向更高的境界。

朔风吹空林,眇眇无因依①。 但有西北云,冉冉东南飞。 须臾层阴合,惨淡周八维②。 冻雨不流渊,飞花舞妍姿。 翳空乍灭没,散影还参差③。 万点随飘零,百嘉潜润滋。 徘徊瞻咏久,默识造化机④。 上寒下必温⑤,欲积无根基⑥。 渐看谷树变,稍觉丛篁低。 皓然遂同色,宇宙乃尔奇。 繁

华改新观,凛冽忘前悲。 摘章愧佳友⑦,伫立迎寒吹⑧。 感此节物好⑨,叹息今何时? 当念长江北,铁马纷交驰!

---

① 眇眇:风吹动貌。因依:依靠。 ② 八维:四维(东、南、西、北)和四隅(东南、西南、东北、西北)合称八维。 ③ 参差(cēn cī):长短、高低、大小不齐。 ④ 造化机:造化,指自然的创造化育。机,事物变化的迹象。 ⑤ "上寒"句:言下雪的时候,天空虽然寒冷,但地底下必然十分温暖。 ⑥ "欲积"句:言地面温暖,雪花很快融化,无法积聚起来。 ⑦ 摘(chī)章:抒发文辞。佳友:即指刘彦采。 ⑧ 伫(zhù):站着等候。 ⑨ 节物:应时节的景物。

翻译

呼啸的北风,
吹过空林,无所凭依。
只有西北来的浮云,
慢慢地向东南飞去。
层层叠叠的阴霾,
很快从四处汇集;
凄凉萧瑟的景象,
顿时遍及各地。

冻雨不会流成积水,
飞舞的雪花妍丽多姿。
刚遮蔽天空,忽又消失,
飘散的雪影参差不齐。
朵朵雪花随风飘荡,
无声无息地失去踪迹;
暗中却静静地滋润着,
培育百物的大地。
我在雪景前徘徊忘返,
默默认识自然的奥秘:
天寒地下必定温暖,
雪花无根怎能积聚?
望着山谷中的林木,
渐渐改变了颜色;
感到前面的竹林,
似乎已经被雪压低。
四顾一片洁白,
宇宙多么神奇!
看着眼前这全新的壮观景色,
阵阵寒意使人将悲哀忘却。
执笔抒写眼前的情景,
惭愧不及朋友的佳句。
一个人久久地站着,

次韵刘彦采观雪之句

面对着寒风的吹击。
我为这美好的景物感叹,
转念又想到今日的时局:
怎能忘记长江之北,
多少战马正来往奔驰!

奉同尤延之提举庐山杂咏十四篇(选一)

陶公醉石归去来馆

宋孝宗淳熙五年(1178),朱熹被任命为知南康军(治所在今江西星子),次年到任。这是他当时游庐山时和尤延之相唱和所作的一组诗。尤延之,即尤袤(1127—1194),字延之,无锡人。诗与杨万里、范成大、陆游齐名,合称南宋四大家。当时任江东提举常平。这里选了其中吟咏陶渊明遗迹的一首诗。陶渊明(365—427),东晋诗人,一名潜,字元亮,浔阳柴桑(今江西九江)人。曾为彭泽令,因不能"为五斗米折腰",去官归隐,以诗酒自娱。诗多描写山川田园的秀美,语言质朴自然,有《陶渊明集》。在这首诗中,作者充分表现出对陶渊明风义气节的钦慕之情。风格清新自然,语言浅显明白,虽无惊人之语,自有传神之笔。

予生千载后,尚友千载前①。 每寻《高士传》②,独叹渊明贤。 及此逢醉石,谓言公所眠。 况复岩壑古,缥缈藏风烟。 仰看乔木阴,俯听横

飞泉。 景物自清绝，优游可忘年。 结庐倚苍峭，举觞酹潺湲③。 临风一长啸，乱以《归来》篇④。

---

① 尚友：尚通"上"，即上与古人为友。　②《高士传》：书名。有两种，一为三国魏嵇康撰，已佚；一为晋皇甫谧撰，原载古代高隐之士的事迹，后人又杂取他书的内容，附在里面。　③ 酹(lèi)：以酒洒地表示祭奠。　④"乱以"句：意思是说全诗以《归去来辞》旨意作结。乱，古代乐曲的最后一章。另外，辞赋篇末总括全篇要旨的话，也叫"乱"。《归来》篇，即《归去来辞》，是陶渊明辞官归隐后所作。

翻译

我天性好与古人相交，
哪管时代已远隔千年。
每次翻阅高人的传记，
唯独赞叹渊明的高远。
到这里见到一块醉石，
据说陶公曾睡在上面。
更有古老的山石丘壑，
隐隐约约吐纳着风烟。
抬头望着茂密的大树，
低头倾听飞溅的流泉。

四周的景物清幽无比,
可悠闲地将岁月消遣。
靠着崖壁盖一间小屋,
举起酒杯先洒向山涧。
我尽情发出一声长啸,
余音久久在风中回旋;
最后吟咏《归去来辞》,
表达自己真诚的心愿。

奉同尤延之提举庐山杂咏十四篇(选一)

斋居感兴二十首（选一）

朱熹自称他读唐代诗人陈子昂的《感遇》诗，受到很大影响，于是在斋居无事之时，效其体作《感兴》诗二十首。据南宋岳珂《桯史》说，它们作于朱熹晚年，含意很深，"非风云月露之词"。这组诗过去通常被看作是朱熹的代表作，评价极高。如清初王夫之称赞这些诗大振金玉，旷世一遇，是说理诗中不可多得的杰作（见《姜斋诗话》）。清末刘熙载认为这些诗高峻寥旷，有理趣而无理障，不在陈子昂《感遇》诗之下（见《艺概》）。但公正些说，这二十首诗，大多是谈性说理之作，虽然还不能说它们都是一些押韵的语录讲义，但就艺术表现而言实在并不高明，和陈子昂慷慨悲怆、寄兴无端的《感遇》诗，实难相提并论。不过其中某些诗篇，怀古伤今，确有所指。这里选了其中一首咏史诗。朱熹曾作《资治通鉴纲目》，其最初动机，在不满司马光的《资治通鉴》以魏作为正统，认为三国当以蜀汉为正统。这首诗赞扬刘备、诸葛亮，谴责董卓、曹操，正是这种正统思想的表现。

东京失其御，刑臣弄天纲①。 西园植奸秽②，五族沉忠良③。 青青千里草④，乘时起陆梁⑤。 当

途转凶悖⑥,炎精遂无光⑦。桓桓左将军⑧,仗钺西南疆⑨。伏龙一奋跃⑩,凤雏亦飞翔⑪。祀汉配彼天⑫,出师惊四方。天意竟莫回,王图不偏昌⑬。晋史自帝魏⑭,后贤盍更张?世无鲁连子⑮,千载徒悲伤!

① "刑臣"句:刑臣指宦官。汉桓帝即位初年,外戚梁冀掌握朝政,桓帝和宦官合谋诛杀梁冀,朝政落到宦官手中。汉灵帝时,宦官张让、赵忠等十二人操纵朝政,其父兄子弟在外为官的遍于各州郡。 ② 西园:汉上林苑的别称,是专供皇帝玩赏、打猎的园林。 ③ "五族"句:建宁二年(169),汉灵帝在宦官挟制下,收捕李膺、杜密等党人百余人下狱处死,并陆续杀死、流徙、囚禁六七百人。熹平五年(176),灵帝在宦官挟制下又命令:凡"党人"的门生故吏、父子兄弟,都免官禁锢,并连及五族。 ④ "青青"句:据《后汉书·五行志》,汉献帝刚即位的时候,京城流传着这样的童谣:"千里草,何青青,十日卜,不得生。""千里草",即"董"字;"十日卜",即"卓"字。言董卓虽一时得势,终将被杀。董卓(?—192),东汉陇西临洮(今甘肃岷县)人,字仲颖。昭宁元年(189),率兵入洛阳,废少帝,立献帝,专断朝政。后为王允、吕布所杀。 ⑤ 陆梁:嚣张,猖獗。 ⑥ 当途:据《后汉书·袁术传》载,袁术年轻时,见谶书言"代汉者,当途高"。"当途高"指象魏。象魏,宫廷外的阙门,为悬法之所,又称象阙、魏阙。因象魏当道(途)而且高大,故称"当途高"。后代以当途作为三

国魏的代称。　⑦炎精:火德。汉自称以火德王,故用以指汉朝。　⑧左将军:指刘备(161—223),即蜀汉昭烈帝,字玄德,涿郡涿县(今属河北)人,东汉远支皇族,曾为左将军。公元212年称帝,都成都。次年在吴蜀彝陵之战中大败,不久病死。　⑨仗钺(yuè):仗,拿,持。钺,古代兵器,大斧。　⑩伏龙:诸葛亮(181—234),字孔明,琅邪阳都(今山东沂南)人。东汉末年,隐居邓县隆中(今湖北襄阳西),留心世事,被称为卧龙。刘备称帝,任丞相。　⑪凤雏:庞统(179—214),字士元,汉末襄阳(今湖北襄樊)人。初与诸葛亮齐名,号称"凤雏"。刘备得荆州,与诸葛亮同任军师中郎将。　⑫配彼天:祭天时以祖先配享。　⑬"天意"二句:言蜀汉的灭亡,乃是天意,诸葛亮光复汉室的事业没能成功。不偏昌,即不能靠偏安昌盛。偏安,指封建王朝失去中原而苟安于仅存的部分土地。　⑭"晋史"句:西晋史学家陈寿著《三国志》,其中对魏的君主称帝,叙入本纪中,吴、蜀则称主不称帝,叙入列传中。　⑮鲁连子:鲁仲连,战国齐人,常周游各国,排难解纷。秦军围攻赵都邯郸,魏使新垣衍劝赵尊秦为帝,鲁仲连以利害进说赵、魏大臣,劝阻赵国尊秦昭王为帝。

翻译

东汉王朝,已经丧失了,
统治天下的力量。
那些受过宫刑的宦官,
竟然舞弄国法,要挟君王。
奸邪之徒遍布西园,

忠贞之士五族遭殃。
董卓率兵乘时而起,
专断朝政,跋扈嚣张。
曹魏变得更加凶逆,
汉德终于失去了光芒。
左将军威武非凡,
持剑雄踞西南疆场。
伏龙从隆中奋跃而出,
凤雏也一起谋划赞襄。
祭祀苍天以汉祖配享,
出师北伐威震四方。
天意终究无法挽回,
帝王之业难以偏昌。
陈寿以魏作为正统,
后人何不改弦更张?
世上已没有鲁仲连那样的义士,
徒然留下久远的悲伤!

斋居感兴二十首(选一)

寿母生朝

这是一首祝寿诗,是朱熹为庆贺其母祝氏的生辰而作。这类作品,一般都是些空洞的、可套用于任何人的门面语,佳作甚为罕见。在这首诗中,作者跳出俗套,摆脱陈词,只是在如何对待贫困富贵这一点上,用重墨渲染,突出其母脱俗的情怀,从一个普通的妇女身上,闪发出不同寻常的光彩。语言质朴自然,明白如话,一腔真情,充溢行间。

秋风萧爽天气凉,此日何日升斯堂。 堂中老人寿而康,红颜绿鬓双瞳方①。 家贫儿痴但深藏,五年不出门庭荒。 灶陉十日九不炀②,岂办甘脆陈壶觞? 低头包羞汗如浆,老人此心久已忘。 一笑谓汝庸何伤? 人间荣耀岂可常! 惟有道义思无疆,勉励汝节弥坚刚。 熹前再拜谢阿娘,自古作善天降祥。 但愿年年似今日,老莱母子俱徜徉③。

① 双瞳方：方形的瞳孔。道家说眼方者寿千岁。　②灶陉（xíng）：灶边放东西的地方。陉，灶边突出部分。炀（yáng）：烘烤，焚烧。这里作烧火做饭解。　③老莱：老莱子，春秋时期楚国隐士。相传他孝养父母，至老不衰。年已七十，父母犹存，常身穿五色彩衣，以逗双亲高兴。

翻译

秋风萧爽，
天气清凉。
今天正是慈母生辰，
我为祝寿登上高堂。
堂上的老人长寿健康，
红润的脸庞，
乌黑的鬓发，
瞳孔方方多明亮。
家中贫困，儿子愚顽，
我只得栖身穷乡僻壤。
五年不曾外出谋生，
门庭常闭一片荒凉。
以至灶上时常断炊，
现在哪能把美酒甜食奉上？

为此我真羞愧万分,
低下头来汗流如浆。
老人心胸不同寻常,
富贵荣华早已淡忘;
爽然一笑,对我说道:
"你又何必为此感伤?
人间荣耀哪能常保,
唯有道义不可限量。
希望你能勉励自己,
志节更加坚定刚强。"
我上前再拜感谢母亲,
老人的教诲含意深长。
"请看古来多少善人,
上天都要赐予吉祥。
但愿年年都像今天一样,
母子能在一起优游徜徉。"

复用前韵敬别机仲

宋孝宗淳熙十年(1183),朱熹在武夷五曲筑武夷精舍。当时袁枢等不少朋友从各地前来相会,一起泛舟九曲,游览胜景,赋诗作乐。在同袁枢分手时,朱熹用先前所作《奉陪机仲景仁游武夷》一诗的韵脚,作了这首诗赠别。袁枢(1131—1205),字机仲,建安(今福建建瓯)人,所编撰的《资治通鉴纪事本末》,创立了纪事本末的体裁。任职期间,政绩可观。这首诗极力称道袁枢的品学才干,其中有形象的描绘,有热情的赞美,有不平的慨叹,有恳切的希望,笔墨酣畅,神采飞扬,浑灏流转,俊逸豪宕,成功地表现出一个风神洒脱、意态豪迈的志士形象。

君家道素几叶传,只今用舍悬诸天。 屹然砥柱战河曲①,肯似落叶随风旋? 奋髯忽作猰毛磔②,浩气勃若霄中烟。 隐忧尚喜遗直在,壮烈未许前人专。 武夷连日听奇语③,令我两腋风泠然④。 初如茫茫出太极⑤,稍似冉冉随群仙。 安能局促夜起舞⑥,下与祖逖争雄鞭⑦。 终怜贤屈惜往日⑧,亦念圣孔悲徂川⑨。愿君尽此一杯酒,预浇舌本如悬泉。沃心泽物吾有望⑩,勒移忍继钟山篇⑪?

---

① 砥柱:又作底柱,山名。屹立在三门峡附近的黄河中流。后用以比喻能顶住危局的坚强力量。 ② 磔(zhé):张开。 ③ 武夷:山名。在福建崇安西南部。有三十六峰,溪流缭绕其间,分为九曲。 ④ 泠(líng)然:轻妙貌。 ⑤ 太极:指原始混沌之气。《易·系辞上》:"易有太极,是生两仪,两仪生四象,四象生八卦。"指气运动而分阴阳,由阴阳而生四时,因而出现天、地、风、雷、水、火、山、泽八种自然现象,并由此推衍为宇宙万事万物。 ⑥ 夜起舞:据《晋书·祖逖传》载,祖逖早先与刘琨都任司州主簿,感情很好,晚上睡在一起。一次半夜听到鸡叫,祖逖将刘琨踢醒说"这并不是恶声",二人于是起身舞剑。 ⑦"下与"句:祖逖(266—321),字士稚,东晋范阳道县(今河北涞水北)人。晋愍帝建兴元年(313),自己召募军队北伐,收复黄河以南地区。争雄鞭,据《晋书·刘琨传》载,刘琨曾说:"我随时作好准备,立志消灭敌人,唯恐祖逖'先我著鞭'(先走一步)。" ⑧"终怜"句:贤屈,屈原(约前340—约前278),战国时楚国大诗人,名平,字原。惜往日,《楚辞·九章》篇名,屈原作。文中综述生平,感叹因被谗言所害,理想未能实现。 ⑨"亦念"句:圣孔,孔子(前551—前479),名丘,字仲尼,春秋鲁国陬邑(今山东曲阜)人。儒家学派的创始人。自汉以后,一直被历代统治者尊奉为至圣先师。悲徂川,《论语·子罕》:"子在川上曰:'逝者如斯夫,不舍昼夜。'"言孔

子在河边慨叹："消逝的时光就像河水一样,日夜不停地流去。"徂,往。徂川,流逝的河水。　⑩ 沃心:《书·说命》上:"启乃心,沃朕心。"《疏》:"当开汝心所有,以沃灌我心,欲令以彼所见教己未知故也。"后指臣下向皇帝献谋建议为沃心。泽物:恩泽被于事物,即泽民济世之意。　⑪ "勒移"句:勒,雕刻。勒石,即刻文于石。移,移文,即檄文。钟山篇,即《北山移文》。南齐周颙和孔稚珪当初一起在钟山隐居,后周颙应召出任海盐县令,期满进京,再过钟山。孔稚珪作此文,借托山神之意,讽刺周颙违背前约,热衷利禄。北山,即钟山。

翻译

大道的精义,
已在您家几代相传;
如今能否用之于世,
全都取决于上天的意愿。
您如同中流砥柱,
屹然奋搏在激流险滩;
哪能像凋零的落叶,
身不由己地随风飘旋。
您一挥须髯,
就像猬毛根根伸展;
浩气勃然,
宛如凌空直上的青烟。

复用前韵敬别机仲

您深切的忧思,
仍有直道而行的古风;
您壮烈的情怀,
和前人媲美毫无愧惭。
武夷山上连续几天,
聆听您的奇语妙谈,
使我两腋生风,
泠泠然有飘翔之感。
起先如堕迷雾,
茫茫然离开了世界;
随后又慢慢升起,
追随着天上的群仙。
怎能沉溺在世俗之中,
终日显得局促不安,
到半夜闻鸡起舞,
和祖逖争一鞭之先?
可惜贤良的屈原,
往日的理想未能实现;
感念先圣孔子,
为时光的流逝而慨叹再三。
希望您放开喉咙,
将这杯酒喝完;
浇灌您的舌根,

高谈不绝,口若悬泉。
我真心期待着您,
为君王谋划,替百姓排难;
怎忍刻写《北山移文》,
讥刺您不能安隐林间?

复用前韵敬别机仲

题祝生画

　　这是一首题画诗。祝生,祝孝友,当时的一个画师。作者所注重的不是一幅具体的画,而是绘画的人;所赞美的不仅是画家的才能,还有画家的风神。故诗中对所题的画,只字未提,却着重描写了祝生和已故裴侯的交往,以及裴侯对祝生画的癖好;最后又因人世无常,发出深深的慨叹。全诗写得波澜起伏,跌宕多姿,在表现手法上颇有特色。

　　裴侯爱画老成癖①,岁晚倦游家四壁②。随身只有万叠山,秘不示人私自惜。俗人教看亦不识,我独摩挲三太息③。问君何处得此奇,和璧隋珠未为敌④。答云衢州老祝翁⑤,胸次自有阴阳工⑥。峙山融川取世界,咳云唾雨呼雷风。昨来邂逅衢城东⑦,定交斗酒欢无穷。自言妙处容我识,为我扫此须臾中。尔时闻名今识面,回首十年齐掣电⑧。裴侯已死我亦衰,只君虽老身犹健。眼明骨轻须不变,笔下江山转葱茜。为君多织机中练,更约无事重相见。

① 裴侯：侯，古代士大夫之间的尊称，犹今称"君"。裴侯是朱熹一个姓裴的朋友，名字不详。　② 家四壁：指家贫一无所有。《史记·司马相如传》："相如乃与驰归成都，家居四壁立。"　③ 摩挲：抚摸。　④ 和璧隋珠：和璧，春秋时楚人和氏（卞和）所得的宝玉，世称和氏璧。隋珠，传说古代隋侯看到一条大蛇受伤，便给它敷了药，后来大蛇在江中衔了一颗大珠作为报答，称为隋侯珠。和璧、隋珠都代指极珍贵的宝物。　⑤ 衢州：州名，以境内有三衢山得名。辖境相当今浙江衢州、江山及常山、开化二地。　⑥ 阴阳：古代思想家看到一切现象都有正反两方面，就用阴阳这个概念来解释自然界两种对立和相互消长的物质势力，并以阴阳解释万物的化生。参见《复用前韵敬别机仲》注。　⑦ 邂逅(xiè hòu)：不期而会。　⑧ 掣(chè)电：形容迅疾，如电光一闪。

翻译

裴侯爱画始终不变，
老来竟然成为一癖。
晚年懒于在外云游，
回顾家中徒有四壁。
随身只有一幅图画，
画上高山连绵崎岖。
藏在身边从不炫露，

心中对此分外珍惜。
俗人就是看到这画，
也不可能激赏称奇；
唯我一人爱不释手，
不禁发出深深叹息。
我问裴侯何处得此奇物，
和璧隋珠也无法相比。
裴侯作了这样回答：
"衢州有个祝姓老翁，
胸怀自和常人不同。
具有化生万物本领，
高山耸立，河水奔流，
世界一一再现画中；
咳嗽成云，吐沫为雨，
狂风惊雷在纸上轰隆。
昨日我在衢州城东，
喜和祝翁不期相逢。
一见定下终生之交，
开怀畅饮其乐无穷。
欣然答允挥舞彩笔，
让我一睹妙技神工；
一幅绘画顷刻而成，
高手自有成竹在胸。"

当时听到祝翁大名,
直到今天才得相见。
一晃已经十年过去,
时间真如飞驰闪电。
裴侯已经化为尘土,
我也变得衰弱不堪。
独你虽然也已年迈,
身体依然十分康健:
双目炯炯,四肢轻便,
须发乌黑如同以前。
江山在你笔下出现,
愈发显得苍翠娇艳。
我将准备更多绢素,
让你笔墨留在上面。
临别和你殷勤相约,
无事之时再来相见。

孤鹤思太清

  在这首诗中,朱熹运用比兴手法,描写一只失群的仙鹤被关入园林之中,虽有飘游万里的雄心,却不能展翅飞翔。从中含蓄地表达了作者希望摆脱束缚,充分施展自己抱负的情怀,以及在现实中无法实现这种理想的悲哀。此诗写得风致蕴藉,寄托遥深,使人咏叹入神。

孤鹤悲秋晚, 凌风绝太清①。
一为栖苑客, 空有叫群声。
矢矫千年质②,飘摇万里情。
九皋无枉路③,从遣碧云生。

① 太清:天空。古人认为天由清轻之气构成,故称为太清。 ② 千年质:《淮南子·说林》:"鹤寿千岁,以极其游。"古代以鹤为长寿的仙禽,故这里称为千年质。 ③ 九皋:深远的水泽地。《诗·小雅·鹤鸣》:"鹤鸣于九皋,声闻于野。"言鹤在水泽呼鸣,声音传遍了原野。

翻译

孤鹤对着暮秋悲切,
多想乘风飞越苍旻。
一旦被送进园林喂养,
只得徒然为失群呼鸣。
空有轻盈翔舞的姿质,
无奈飘游万里的感情。
大泽之中是多么宽广,
任凭你在碧云中飞行。

咏岩桂二首

自屈原开始,桂树、桂花一直成为诗人吟咏的对象。但前人咏桂,大多称赞它花繁叶茂、香气袭人,津津乐道它在神话传说中和月亮的关系。而在这两首诗中,朱熹不仅描写了桂的丽质清香,还进一步与梅、菊同视,赞美它在万木摇落之时独自开放的孤标高格。作者认为只有自己才是桂的知己,更有从中表现自己和桂具有同样情怀的意思。故这两首咏桂诗,和前面一首咏鹤诗一样,既是咏物,也是写怀。全诗文字明洁秀雅,诗境静谧优美,和三秋桂子也正相称。

一

亭亭岩下桂, 岁晚独芬芳①。

叶密千层绿, 花开万点黄。

天香生净想②,云影护仙妆③。

谁识王孙意, 空吟《招隐》章④。

二

露浥黄金蕊⑤,风生碧玉枝。

千林向摇落, 此树独华滋⑥。

木末难同调⁷，**篱边不并时**⁸。
攀援香满袖，叹息共心期。

---

①"岁晚"句：桂花通常在农历八月开放，时百花多已凋蔽。　②天香：指桂香。古人认为桂树是月中之树，桂香是天上之香。　③仙妆：形容桂树花叶茂丽，如同仙人的盛妆。　④"谁识"二句：汉淮南小山悯伤屈原，作《招隐士》，言桂树生在深山险岭之中，树枝曲折缭绕，这里是虎豹禽兽争斗咆哮之处，不是王孙公子（指屈原）可以久留的地方，还是快些回来吧！从这两句诗可知，当时朱熹正在隐居，而朝廷中有人想劝他回朝，被他拒绝了。　⑤黄金蕊：桂花分金桂、银桂、丹桂、四季桂等多种。其中金桂色橙黄，香味较浓，被称作桂花之冠。这里写的即是金桂。　⑥"千林"二句：林逋《山园小梅》："众芳摇落独暄妍"，称赞梅花在百花凋零之时，独自盛开。华滋，茂盛。朱熹这两句诗，无论句式还是含意，都和林逋的诗句相同，实际上是将桂花和梅花同样看待。　⑦木末：树梢。屈原《九歌·湘君》："搴芙蓉兮木末。"芙蓉即荷花。这里以木末借指荷花。　⑧篱边：陶潜《饮酒》："采菊东篱下，悠然见南山。"这里以"篱边"借指菊花。

翻译

一

岩下森然挺秀的桂树，

秋季独自吐溢着芬芳。
绿叶千层,枝上并茂;
黄花万点,风中开放。
阵阵清香,带来高洁的遐想;
团团云影,守护在仙姿身旁。
有谁懂得公子的深意,
徒然吟咏《招隐》的篇章。

二

露水滋润着金色的花蕊,
凉风吹动碧玉般的树枝。
正当万木开始凋谢,
你独显得茂盛多姿。
荷花娇艳,志趣难合;
秋菊傲霜,惜不同时。
牵挽枝条,留下满袖清香,
一声长叹,只有我们才彼此相知!

挽刘宝学二首

在朱熹的诗集中,有几篇追悼和怀念前辈及亡友的作品,如前面的《拜张魏公墓下》,后面的《挽刘枢密三首》《伏读二刘公瑞岩留题感事兴怀二篇》及本篇。这些诗,既是在伤人,也是在伤事、伤时。字里行间,充满了对世事的忧愤和爱国的激情,大多写得慷慨蕴藉,沉痛悲凉,在哀音中自饶英气。尽管这些诗数量不多,不能代表朱熹诗歌创作的整体特色,但却是他最优秀的作品。刘宝学,即刘子羽(1097—1146),字彦修,号宝学,崇安(今属福建)人。金人入侵真定,他助父刘韐率众死守,由此知名于世。后因与投降派秦桧不和,罢官归隐。朱熹之父朱松,和刘子羽是好友,临终前把家事托付给他。朱松死后,朱熹遵父遗嘱,迁居崇安。

一

天地谁翻覆①, 人谋痛莫支。

公扶西极柱, 威动北征旗②。

肉食谋何鄙③, 家山志忽赍④。

平生出师表⑤, 今日重伤悲。

二

生死公何有， 飘零我自伤。

向非怜不造⑥，那得此深藏。

心折风霜里， 衣沾子侄行⑦。

哦诗当肃挽， 悲哽不成章。

---

①"天地"句：指金人入侵,宋室南渡。 ②"公扶"二句：刘子羽一生功业,主要在西部战场,他长期率兵在汉中、秦州一带,与金人对峙。蜀中得以保全,主要应归功于他所发挥的作用。事迹可参见《宋史·刘子羽传》。 ③"肉食"句：肉食,食肉者,指享厚禄的高官。《左传》庄公十年,记载曹刿论战,有"肉食者鄙,未能远谋"之句。这里指秦桧等在朝的投降派。 ④赍(jī)：怀着。 ⑤出师表：出征前上给皇帝的表文。诸葛亮在建兴五六年,两次北伐上疏,题作《前出师表》《后出师表》。 ⑥不造：《诗·周颂·闵予小子》："闵予小子,遭家不造,嬛嬛在疚。"闵,通悯,哀怜。不造,不祥,不幸。嬛嬛(qióng),孤独无依。疚,忧伤。相传这首诗是成王遭武王之丧告于祖庙的诗,意思是我遭受丧父的不幸,孤独无依,心中伤叹。 ⑦"衣沾"句：衣沾,即泪水沾湿衣襟。朱熹父朱松死后,刘子羽特地在自己家的旁边盖了房屋,让朱熹母子安居。朱熹到刘家后,刘子羽对他像子侄一般抚养。

翻译

一

是谁造成了天下大乱,
痛惜人力已无济于事。
您支撑着西部的局面,
声威鼓动北征的大旗。
执政者的谋划竟那么卑下,
您空怀壮志,只得回故乡隐居。
今日重读您生前的奏议,
真使我感到格外的悲戚。

二

生死存亡,对您全都一样,
四方飘零,我却有无限感伤。
如果不是哀怜家父早丧,
我又怎能在您家中寄养?
我的心已在世事中破碎,
情同子侄不禁泪水浪浪。
今日用诗篇来作为悼词,
哽咽不止乃至难以成章。

挽刘枢密三首

刘枢密,即刘珙(1122—1178),字共父,刘子羽的长子。为人刚直,政绩可观,曾任同枢密院事、参知政事等职。刘珙年轻时跟从叔父刘子翚学习,而朱熹早年也师事刘子翚,两人一起长大,相知甚深。由于这种特殊的关系,朱熹对刘氏一家,怀有一种特殊的感情。特别是刘氏祖孙三代,都力主抗金,以为国报仇雪耻为己任,更使朱熹由衷地钦敬。故他对刘氏父子的去世,也就感到格外悲痛。这三首诗和前两首诗,尽管在写作年代上相隔甚远,但由于作者对所悼念的人怀着同样的感情,故作品也表现出相同的风格。比较起来,这组诗更加沉郁苍凉。

一

天畀经纶业①, 家传忠义心。
谋谟经国远, 勋烈到人深。
廊庙风云断, 江湖岁月侵②。
一朝成殄瘁③, 九牧共沾襟④。

二

谈笑平蛮策⑤, 焦劳振廪功⑥。

复仇乖宿志⑦，　忍死罄余忠⑧。

人叹百身赎⑨，　天悲一鉴空⑩。

九原终莫起⑪，　千载自英风。

三

久矣身无用，前恩叹莫偿。

岂期今老大，复此重悲伤。

泪向遗书尽，心随宿草荒⑫。

诸君那不死，恸绝鬓成霜。

---

① "天畀"句：畀(bì)，给予。经纶：整理丝缕，理出丝绪叫经，编缫成绳叫纶，统称经纶。引申为筹划治理国家大事。据《宋史·刘珙传》载，宋孝宗曾说，当时的读书人，只知清谈，没有经纶实才，唯有刘珙政绩可观，能够担当重任。　② "廊庙"二句：廊庙，朝廷。江湖，泛指五湖四海各地。刘珙晚年，一直出任地方官，曾任知荆南府、知潭州、知建康府等职。　③ 殄瘁(tiǎn cuì)：困苦，困病。《诗·大雅·瞻卬》："人之云亡，邦国殄瘁。"言良臣贤士的逃亡，是国家的灾难。后多用作贤人去世的代称。　④ 九牧：九州。　⑤ "谈笑"句：据史载，宋孝宗乾道元年(1165)，湖南发生旱灾，郴州人李金率众暴动，朝廷以刘珙知潭州、湖南安抚使，平息了这次暴动。朱熹在这件事上赞美刘珙，反映出他对当时农民起义的敌视。蛮，古代对南方少数民族的泛称。　⑥ "焦劳"句：据史载，宋孝宗淳熙二年(1175)，刘珙任知建康府、江东安抚使，正碰上旱灾，他用免税及禁止商人倒

卖、发放官粮等办法,帮助百姓度过这次灾害。振,同赈,救济。廪,粮食。 ⑦"复仇"句:据史载,刘珙临死前,亲笔写信与张栻、朱熹诀别,以未能为国报仇雪耻为恨。 ⑧"忍死"句:据史载,刘珙在病危时还上书,极言皇帝亲幸的人操纵朝政的危害,荐举陈俊卿、张栻等贤良之士。罄,器中空,引申为尽。 ⑨"人叹"句:说如果能够赎"三良"的命,人们愿意死上百次来抵偿。《诗·秦风·黄鸟》:"如可赎兮,人百其身。"据《左传》文公六年载,秦穆公卒,殉葬的有一百七十七人,其中包括奄息、仲行、鍼虎三个贤良之士。秦人十分悲痛,作了《黄鸟》这首诗。 ⑩"天悲"句:鉴,镜子。据新旧《唐书·魏徵传》载,魏徵遇事敢于直谏,为唐太宗所敬畏。魏徵死后,唐太宗叹息道:"以铜为鉴,可以正衣冠;以古为鉴,可以知兴衰;以人为鉴,可以明得失。现在魏徵死了,我好比失去了一面镜子。" ⑪九原:春秋时晋国卿大夫的墓地在九原,后世因称墓地为九原。 ⑫宿草:隔年的草。《礼记·檀弓上》:"朋友之墓,有宿草而不哭焉。"后喻墓地,用作丧逝的典故。

翻译

一

上天赋予经国大业,
家庭传授忠义之心,
您为国谋划虑周思远,
功业巍巍感人至深。
您在朝廷无法施展宏图,

最后到各地度过了一生。
一旦因病永别人世,
举国一片悲泣之声。

二

您在谈笑中平定蛮族的暴动,
您焦心苦虑救济百姓的困穷。
您痛惜不能实现复仇的愿望,
临终仍不忘奉献自己的孤忠。
人们因不能代您去死而悲叹,
皇上也为失去一位良臣而伤痛。
尽管您已经一去不返,
但豪迈的气概必然与世长共!

三

我已经长期被世抛弃,
对您的旧恩无法报偿。
哪里想到在垂老之年,
还有这样巨大的悲伤。
我捧着遗书流干了眼泪,
因您去世心中分外凄凉。
余下的人谁又能够长在?
极度伤痛使我两鬓成霜。

九日

　　自六朝以来,凡诗题中的九日,一般都是指重阳节(即农历九月初九)。按照古代风俗,在这一天,人们都要登山饮菊花酒;而独在他乡的人,这时也最容易产生对故乡的思念之情。朱熹在这首诗中所表现的,就是"独在异乡为异客,每逢佳节倍思亲"的感情。但作者并没有堕入常见的那种无力的苦恼之中,清狂疏宕而非悲切柔弱,是这首诗的特点。

故国音书阻一方,天涯此日思茫茫。
风烟岁晚添离恨,湖海尊前即大荒①。
薄宦驱人向愁悴,旧游惟我最颠狂。
细思万石亭前事,辜负黄花满帽香。

---

① 大荒:《山海经·大荒西经》:"大荒之中,有山名大荒之山,日月所入……是谓大荒之野。"后来用以泛指辽阔的原野和边远地区。

翻译

故乡的音信,
已无法传到我的身旁;
今日在天涯,
思绪驰向遥远的地方。
风尘仆仆,
在岁末增添了多少伤感;
一醉方休,
管它湖海荒野,全都一样。
卑微的官职,
将人赶入愁苦的境况。
在旧友之中,
应该数我最落魄痴狂。
细细地思量,
过去在万石亭前的情景,
辜负了菊花,
遍布帽上沁人的清香。

伏读二刘公瑞岩留题,感事兴怀,至于陨涕。 追次元韵,偶成二篇

瑞岩,在福建崇安(今属武夷山市)吴屯里。朱熹在那里,看到已故刘子羽、刘子翚兄弟二人在石壁上的题诗,触景生情,感慨万分,于是用二刘所题诗的原韵,作了这两首诗。前一首怀念刘子羽,后一首怀念刘子翚。刘子翚(1101—1147),字彦冲,号病翁,崇安人,后退居屏山,学者称屏山先生。关于刘子羽的生平及朱熹同二刘的关系,可参见前面《挽刘宝学二首》《挽刘枢密三首》的说明。这两首诗,抚迹辛酸,沉着凄惋,音节苍凉,笔力劲健,极慷慨缠绵之致,令人肃然想见二刘风烈。

一

谁将健笔写崖阴, 想见当年抱膝吟①。

缓带轻裘成昨梦②,遗风余烈到如今。

西山爽气看犹在③,北阙精诚直自深④。

故垒近闻新破竹, 起公无路只伤心。

(原注)右怀宝学公作。近闻西兵进取关陕,其帅即公旧
     部曲也。

二

投绂归来卧赤城⑤， 家山无处不经行。

寒岩解榻梦应好， 绝壁题诗语太清。

陈迹一朝成寂寞， 灵台千古自虚明⑥。

传来旧业荒芜尽， 惭愧秋原宿草生⑦。

(原注)右怀病翁先生作。翁领崇道祠官,故有赤城之句。

---

① 抱膝吟:据《三国志·蜀志·诸葛亮传》载,诸葛亮隐居隆中时,在清晨夜晚,常常抱膝长啸。　② 缓带轻裘:宽松的衣带,轻软的裘衣。常用以形容雍容闲适的风度。　③ "西山"句:西山在崇安县治右面,山上有西山兰若。《世说新语·简傲》:"西山朝来,致有爽气。"　④ 北阙:古代宫殿北面的门楼,是大臣等候朝见或上书奏事的地方,后通称帝王宫禁为北阙,也用作朝廷的别称。　⑤ "投绂"句:绂(fú),系官印的丝带,也用以代指官印。赤城,道家传说中的山名。　⑥ 灵台:指心。《庄子·庚桑楚》:"不可内于灵台。"晋郭象注:"谓心有灵智,能任持。"　⑦ "传来"二句:是说您传授给我的旧业,我已把它荒废了,如今面对秋原宿草,不禁十分惭愧。朱熹原是刘子翚的学生,刘子翚好佛,认为佛理与儒家圣人之言相通,又用《易经》来解释禅宗,以此作为"入道之门"。朱熹后又拜李侗为师,在李侗的批评教育下彻底抛弃了佛学,所以在这里有旧业荒废、愧对死者之言。宿草:见前《挽刘枢密三首》注。

伏读二刘公瑞岩留题,感事兴怀,至于陨涕。追次元韵,偶成二篇

翻译

一
是谁雄健的笔力,
在石壁之上长存?
令人从中想象,
当年抱膝长吟的风神。
雍容闲雅的举止,
已经成为梦中的幻影;
唯有不朽的功业,
至今依然受人们钦敬。
放眼西山,
依然一片开豁的风景;
心向北阙,
真是满怀不竭的忠诚。
近来听到您的旧部,
势如破竹,乘胜进军;
只是无法使您复生,
令人为壮志未酬伤心!

二
抛弃了官职,
来到道观之中安身;
故乡的山水,

哪里不曾留下您的脚印?

清冷的山石,

将人带入甜美的梦境;

峭壁的题诗,

却为何写得这样凄清?

过去的遗迹,

转瞬即已无人寻访;

不朽的心灵,

自可永远保持清明。

只是您传授的学业,

如今已经荒废殆尽;

使我真是愧对:

秋日的墓地,宿草丛生。

伏读二刘公瑞岩留题,感事兴怀,至于陨涕。追次元韵,偶成二篇

新喻西境

    这是朱熹在从湖南到福建途经新喻时所作的一首即兴诗。新喻,今属江西省。诗的前四句描摹山野景象,令人如入画境。

北岭苍茫雨欲来,南山腾踯翠成堆。

稚杉绕麓千旗卷,野水涵空一鉴开。

客路情怀元悾愡,今晨游眺却徘徊。

自然触目成佳句,云锦无劳更剪裁。

翻译

苍苍茫茫的北岭,

一场大雨即将到来;

奔驰腾跃的南山,

被苍翠的树林遮盖。

环绕山脚的幼杉,

就像无数锦旗漫卷;

映照天空的野水,

宛如一面明镜敞开。
旅客途中的心情,
原是那般迫不及待;
今日清晨的游览,
竟又使人不愿离开。
眼前出现的景象,
全都成了美妙的诗材;
如同彩云一般的锦缎,
哪里还用人为的剪裁?

新喻西境

山行两日，至金步，复见平川，行夷路，计程七日可到家矣

　　这首诗作于朱熹归家途中。诗中接连罗列了许多表示不同地域的实词，从荒山到野田，到平川，到江浦，从楚水到闽山；也用了不少表示时间转折的虚词，如"又""复""转"等；既有关于动作的描写，如"穿""度""踏""过"等；也有表现心情的描写，如"悲重叠""喜接连""心转迫""不胜鞭"等。写得生动形象，节奏极快，从各个方面，成功地显示出作者在旅途中急于回家的迫切心情。"路转忽然开远望，眼明复此见平川"二句，与杜甫的"茂树行相引，连山望忽开"（《喜达行在所三首》）二句，情境相似。

行穿侧径度荒山，又踏深泥过野田。
路转忽然开远望，眼明复此见平川①。
江烟浦树悲重叠，楚水闽山喜连接。
税驾有期心转迫②，棱棱瘦马不胜鞭。

① 平川：广阔平坦的陆地。川，陆地。　② 税驾：解驾，停车。指

休息。

翻译

穿过不平的小径，
翻越荒凉的群山；
踏上深深的泥土，
经过野外的农田。
路转山回，
前面竟变得那么旷远；
眼睛一亮，
又见到了开阔的平川。
可叹江上的烟雾，
把水边的树木遮掩；
心喜楚地的河流，
与闽中的山岭相连。
结束旅程已指日可待，
归心急切如飞箭离弦。
手中的鞭儿不停挥舞，
驱赶着瘦马快快向前。

山行两日,至金步,复见平川,行夷路,计程七日可到家矣

宿山寺闻蝉作

　　这首小诗,前两句描写了山中幽深的景象,词语平平;第三句抒写漂泊他乡的心情,有了这一句,前两句也就有了更深的涵义,前面的写景,对后面的抒情起了烘托作用;第四句又写景,但这已不是单纯的描写,里面十分明显地流露出作者凄凉寂寞的心情。从此诗以下各首绝句,语意平畅易明,故未作今译。

林叶经夏暗[①],　蝉声今夕闻。
已惊为客意,　更值夕阳曛[②]。

[①] "林叶"句:夏天,树林中枝繁叶茂,遮蔽了阳光,所以说"暗"。
[②] 曛(xūn):日落时的余光。

一 观刘氏山馆壁间所画四时景物,各有深趣,因为六言一绝,复以其句为题,作五言四咏(选二)

　　这是朱熹在看了四季景物画后所作的一组诗。原诗共五首,这里选了其中二首。前一首描写春天景象,情意荡漾;后一首描写冬天景象,气象萧森。写春如春,写冬如冬,作品的风格与其表现的内容完美地吻合,是这两首诗的特色。

其二

头上山泄云, 脚下云迷树①。

不知春浅深, 但见云来去。

其五

悲风号万窍, 密雪变千林②。

匹马关山路, 谁知客子心。

---

① "头上"二句:上面云从山谷中升起,所以说"泄";下面云笼罩着树林,所以说"迷"。　② "密雪"句:一场大雪,使树林披上一层银装,所以说"变"。

百丈山六咏（选一）

西 阁

百丈山在福建建阳县东北。这组诗分别描写了山中几处胜景，这里选了其中一首。但这首诗并非写景之作，作者在山中夜宿之时，心有所感，希望身旁的山泉，能够化为雨水，浇灌大地，表现出他渴望济世及物的心愿。

借此云窗眠，静夜心独苦。
安得枕下泉，去作人间雨。

武夷精舍杂咏(选一)

渔 艇

宋孝宗淳熙十一年(1184),朱熹在武夷五曲隐屏峰下筑武夷精舍,并写了这组诗,分咏各处景物。原诗共十二首,这里所选的一首,轻灵秀逸,风味酷似唐人小诗。一个"载"字,一个"装"字,以俗字写胜景,有点铁成金之妙。

出载长烟重, 归装片月轻①。
千岩猿鹤友, 愁绝棹歌声②。

---

① "出载"二句:渔艇清晨外出,水面烟雾迷漫,所以说"载"、说"重";晚上归来,小艇上唯有一抹皎洁的月光,所以说"装"、说"轻"。
② 棹(zhào)歌:船歌。棹,船桨。

元范尊兄示及十梅诗,风格清新,意寄深远,吟玩累日,欲和不能。 昨夕自白鹿玉涧归,偶得数语(选一)

赋 梅

  这是朱熹在看了杨元范的十首咏梅诗后所作的一组和诗,这里选了其中一首。杨元范,即杨大法,朱熹的学生。白鹿洞,在江西星子北庐山五老峰下。朱熹知南康军,重新修建了这里已经废弃的书院,为讲学之所。在百花之中,也许没有比梅更引诗人注意的了,那众多的作品,或写其神清骨秀的风姿,或赞其傲雪凌霜的风骨,或表其高洁绝尘的风情。但这首诗对梅花的风神姿态,却不作丝毫描绘,只说在梅树边徘徊留连,却找不出一句话来贴切地表达自己的感受。表现别致,着意深远,尽管未作正面描写,但留下了无限余地,让人自去体味。

君欲赋梅花,梅花若为赋①?
绕树百千回,句在无言处。

---

① 若为:如何,怎样。

涉涧水作

前人论诗,有"警句""诗眼"之说。所谓警句,即诗中的精炼警策之句。这首诗中的警句为末句,寥寥数字,将晴岚的多姿、人物的痴迷,细致入微地表现出来。所谓"诗眼",即诗中用得最工的一个字。这首诗的诗眼,即末句的"数"字,如果将它换成"指""睹"等字,虽仍然不失为一首好诗,但总不如用"数"字那么传神。

幽谷溅溅小水通, 细穿危石认行踪。
回头自爱晴岚好[①]**,却立滩头数乱峰。**

[①] 晴岚(lán):晴天山中的雾气。

春日

王相注《千家诗》,认为这是一首游春踏青之作。从诗中所写的景物看,也很像是这样。作者用形象的语言,描绘了眼前的光景,抒发了寻芳的心情,写得生动流丽,浅显明白,人尽能解。但正是这种浅显明白,将不少人瞒过,引起了不少误解。朱熹作这首诗,其意决不在春光骀荡。诗的首句即道所游在泗水之滨,其地春秋时属鲁,孔子尝居洙、泗之间,教授弟子。宋室南渡,泗水已入金人手中,朱熹未曾北上,怎能于此游春吟赏?其实诗中的"泗水",乃暗指孔门,所谓"寻芳",即求圣人之道。提起朱熹说理诗的佳作,人们常举《观书有感》为例。但《观书有感》虽然不同于一般的说理诗,毕竟一望可知是说理;而《春日》形象更加鲜明,情景更加生动,描写更加自然,读了但觉春光满眼,如身游其间,竟不觉其在说理,则其构思运笔之妙,尤胜于《观书有感》。

胜日寻芳泗水滨①, 无边光景一时新②。
等闲识得东风面③, 万紫千红总是春。

① 胜日:原指节日或亲朋相聚之日,此指晴日。　② 新:这"新",既是春回大地、万象更新的新,也是出郊游赏,耳目一新的新。　③ 等闲:寻常,随便。

观书有感二首

朱熹出生在福建尤溪县,尤溪又名南溪。在城外公山山麓的南溪书院,现在还有祭祀朱熹的文公祠;祠前有半亩方塘和活水亭,相传这里就是朱熹的观书之处,因《观书有感》有"半亩方塘""源头活水"之句,故以为名。宋罗大经在《鹤林玉露》中,说这两首诗是"借物以明道"。诗中说理,历来遭到非议。理语和诗歌,仿佛是两个冤家,不能相容。但王夫之认为诗源情,理源性,未必一定分辕反驾;而朱熹的某些说理诗,尤为他所称赏。这两首诗,寓哲理于生动、形象的比喻之中,不堕理障,富于理趣,一直为人传诵。

一

半亩方塘一鉴开①, 天光云影共徘徊。
问渠那得清如许, 为有源头活水来②。

二

昨夜江边春水生, 蒙冲巨舰一毛轻③。
向来枉费推移力, 此日中流自在行④。

① "半亩"句：鉴，镜子。这句说半亩方塘，犹如一面打开的镜子。
② "问渠"二句：渠，它，这里指那半亩方塘。在此，朱熹指出：只有有了"源头活水"，才能永不枯竭、永不陈腐、永不污浊，才能永远这样澄清、这样新鲜、这样充满活力。　③ "蒙冲"句：蒙冲，古代的战船。这句说由于江水高涨，巨大的战船就像一根羽毛那样浮了起来。
④ "向来"二句：言在江水干涸之时，就是用再大的力气，也不可能推动战船；而一旦情况变了，春水汇入大江，那么这艘大船就会十分轻快自在地航行江中。在此，朱熹表达了自己长期苦思不解而一旦豁然贯通时的轻快喜悦心情。

次子有闻捷韵四首

这是朱熹在听到宋朝军队和金兵交锋取胜后所作的四首和诗。唐代作家韩愈曾说,表达欢快喜悦之情的作品,很难写好。但这四首诗,情调乐观昂扬,言词爽利欢畅,节奏轻捷明快,全篇一气贯注,反复吟咏,如军乐之声,盘旋回荡,成功地表现出作者内心的喜悦和希望尽快收复中原的心愿。

一

神州荆棘欲成林[①], 霜露凄凉感圣心。
故老几人今好在, 壶浆争听鼓鼙音[②]。

二

杀气先归江上林, 貔貅百万想同心[③]。
明朝灭尽天骄子[④],南北东西尽好音。

三

孤臣残疾卧空林[⑤], 不奈忧时一寸心[⑥]。
谁遣捷书来荜户, 真同百蛰听雷音[⑦]。

四

胡命须臾兔走林, 骄豪无复向来心。

莫烦王旅追穷寇，鹤唳风声尽好音⑧。

---

① "神州"句：据《晋书·索靖传》载，西晋索靖很有远见，到洛阳后看到朝政不纲，知道天下必将大乱，于是指着官门铜驼说："总有一天会看到你在荆棘之中。"没多久，果然发生了五胡乱华。后因以铜驼荆棘指战乱后的残破景象。这句说中原大地经过金兵蹂躏，一片荒凉。　②"故老"二句：壶浆，装在壶里的饮料。《孟子·梁惠王下》："箪食壶浆，以迎王师。"言人们带着食物饮料来犒劳军队。鼓鼙，乐器，大鼓和小鼓，古代进军时用以激励战士。这二句说，还留在北方沦陷区的原宋朝旧臣遗民，带着食物饮料，争先恐后地欢迎宋朝军队。　③貔貅（pí xiū）：猛兽名。古人多用以比喻勇猛之士。　④天骄子：汉朝称北方匈奴为"天之骄子"。后用以泛称强盛的边地民族。　⑤孤臣：朱熹自称。　⑥不奈：无可奈何。　⑦"真同"句：蛰，蛰虫，伏藏在土中过冬的昆虫。春雷的声响，惊醒了各种蛰虫，使它们纷纷活动起来。这句说自己在茅舍之中，原已心灰意懒，现在听到捷报，就像蛰虫听到春雷的声响，顿时变得活跃起来。　⑧"莫烦"二句：鹤唳，鹤鸣。据《晋书·谢玄传》载，前秦符坚组织九十万军队，大举南下，企图一举灭晋。谢玄等率兵八万迎战，于淝水大破秦军，溃败的秦兵在逃跑时听到风声鹤唳，都以为是晋朝的追兵。这二句说不用再派军队追击，就是风声鹤鸣，都足以使金兵丧魂失魄。

次子有闻捷韵四首

醉下祝融峰作

  宋孝宗乾道三年(1167),朱熹去潭州拜访张栻,随后一起游南岳衡山,其间写了这首诗。祝融峰,衡山七十二峰中的最高峰,相传上古祝融氏葬此,故名。游人以祝融峰之高,为衡山"四绝"之一。这首诗不以渲染刻画见长,但雄视一世,豪气千丈,在感伤细弱之风盛行的南宋诗坛,殊不多见。

我来万里驾长风, 绝壑层云许荡胸①。
浊酒三杯豪气发, 朗吟飞下祝融峰。

① "绝壑"句:许,可。层云,即曾云,重叠的云。杜甫《望岳》:"荡胸生曾云。"这句说悬崖上重叠的层云,可以荡涤心胸。

到袁州二首(选一)

在同游衡山之后,朱熹即辞别张栻,前往福建崇安。这首诗作于此行途中。风格沉郁,意境深远,于凄凉萧肃的描写中,自饶刚健遒劲之气。袁州,州名,治所在今江西宜春。原诗共二首,这里选了第一首。

马蹄今日到袁州, 山木萧槮四面愁①。
多谢晚来风力劲, 朔云寒日共悠悠。

① 萧槮(shēn):高耸貌。

别韵赋一篇

  在陪同朱熹离开湖南、前往福建的途中,林择之(林用中,字择之,朱熹的学生)作了一首怀念张栻的诗。朱熹用林诗的原韵和了一首,接着又用别韵另作了这首诗。途中思友,原是十分平常的事,但这首诗在表现手法上却有着鲜明的特色。作者将诗的背景放在一个霜雪迷漫、千山尽白的环境之中,而诗中的人物,竟横槊赋诗,意态豪迈,绝无悲叹之意。笔力遒劲,奇横无匹,使得这篇很容易流于伤感的怀人之作,显得生气勃勃,不同寻常。

踏雪凌霜眼界新, 举鞭遥指玉嶙峋①。
回头此日成千里, 横槊思君少一人②。

---

① 嶙峋(lín xún):形容山峰重叠高耸。 ②"横槊"句:槊,长矛。苏轼在《前赤壁赋》中,以"横槊赋诗"形容曹操文武双全的英雄气概。君、一人,都指张栻。

次韵择之见路旁乱草有感

这是一首说理诗。诗中既无生动的形象,也无巧妙的譬喻,就艺术表现而言,实无可取之处。但这四句诗,又是极其深刻的处世警语。作者从路旁野草顽强的生命力中得到启示,指出一个有志气、有抱负的人,无论生活在哪里,都不会被艰难困苦压倒,而能在任何环境之中,有所作为;那些在逆境中只知自悲自叹的人,实际上已失去了在这世界上生存下去所应有的精神和能力。这种野草精神,对正在人世奋斗的人们,特别是对那些身处逆境中的人来说,是必不可缺的。

世间无处不阳春, 道路何曾困得人?
若向此中生厌斁①,不知何处可安身!

---

① 斁(yì):厌弃。

次韵陈休斋莲华峰之作

宋孝宗淳熙十年(1183),朱熹至泉州,随即与陈休斋去南安县九日山游览。现在九日山莲华峰不老亭尚存陈休斋、朱文公莲华峰唱和诗摩崖。陈休斋,即陈知柔,字体仁,自号休斋居士,福建晋江人。朱熹年轻时,曾跟从他学习。登高之作,大多写眼前景象开阔,而这首诗更上一层,突出了人的阔大的胸襟,气概不凡,这就使得它比同类作品要高出一筹。

八石天开势绝攀,算来未似此心顽①。
已吞缭白萦青外②,依旧个中云梦宽③。

①"八石"二句:八石天开,莲华峰顶的八块朝天耸立的巨石。势绝攀,言山峰形势高险,无法攀登。尽管如此,作者还是一定要登上峰顶,所以说还不及人的心更顽强。 ②缭白萦青:柳宗元《始得西山宴游记》:"萦青缭白,外与天际。"青、白,均指云,写西山高耸,四周层云缭绕,与天相接。 ③"依旧"句:个中,此中,其中。这里指登高者的心中。云梦,泽名。先秦两汉所称云梦泽,大致包括今湖南益阳、湘阴以北,湖北江陵、安陆以南,武汉以西地区。

司马相如《子虚赋》借乌有先生之口道："吞若云梦者八九于其胸中,曾不蒂芥。"说即使吞下八九个云梦,也一点不觉梗塞,极言其阔大。

次韵陈休斋莲华峰之作

淳熙甲辰中春，精舍闲居，戏作武夷棹歌十首，呈诸同游，相与一笑

武夷山在福建崇安（今武夷山市），相传古武夷君居此，故名。其山绵亘百二十里，溪流缭绕其间，分为九曲。"武夷之奇奇以曲，武夷之曲可方舟。"（龚一清《游武夷》）武夷胜景，多在九曲。九曲溪发源于三保山，经星村入武夷山，折为九曲，至武夷宫前，汇于崇溪，盘绕山中约十五里。自武夷宫前溯流而上，但见千峰竞秀，万壑争流，水光山色，交相辉映，托出一幅"碧水丹山"的天然美景。最早在诗中全面描绘九曲胜景的，便是朱熹这十首棹歌。宋孝宗淳熙十一年（1184），朱熹在武夷山五曲隐屏峰下筑武夷精舍，爱此佳景，乘兴时游。这组诗，第一首总提，以下九首，各写一曲风光；而于每一曲，又拈出一胜，着力描绘，并以这些胜景为点，以作者的游程为线，将它们串连起来，这样就十首合成一篇，使诗中的描述充满了流动感，故又可以作为九曲导游看。这组诗的语言，清新流丽，如翠木扶疏，清流潺湲，与其所咏的山水相称。更难得的是诗中有画，笔端含情，故历来赓和不绝，至今犹负盛誉。

一

武夷山上有仙灵，　　山下寒流曲曲清。
欲识个中奇绝处，　　棹歌闲听两三声。

二

一曲溪边上钓船，　　幔亭峰影蘸晴川①。
虹桥一断无消息②，　　万壑千岩锁翠烟。

三

二曲亭亭玉女峰③，　　插花临水为谁容④？
道人不复阳台梦，　　兴入前山翠几重⑤。

四

三曲君看架壑船⑥，　　不知停棹几何年？
桑田海水今如许，　　泡沫风灯敢自怜⑦。

五

四曲东西两石岩⑧，　　岩花垂露碧㲯毵⑨。
金鸡叫罢无人见⑩，　　月满空山水满潭。

六

五曲山高云气深，　　长时烟雨暗平林。
林间有客无人识⑪，　　欸乃声中万古心⑫。

七

六曲苍屏绕碧湾⑬，　　茅茨终日掩柴关。

淳熙甲辰中春，精舍闲居，戏作武夷棹歌十首，呈诸同游，相与一笑客来倚棹岩花落，　猿鸟不惊春意闲。

八

七曲移船上碧滩⑭，　隐屏仙掌更回看⑮。
人言此处无佳景，　只有石堂空翠寒⑯。

九

八曲风烟势欲开，　鼓楼岩下水潆洄。
莫言此处无佳景，　自是游人不上来。

十

九曲将穷眼豁然，　桑麻雨露见平川。
渔郎更觅桃源路，　除是人间别有天⑰。

---

①"一曲"二句：自山前溯流而上，晴川一带为一曲。幔亭峰屹立溪岸，山峰如笔，晴川如砚，峰影倒映，似笔蘸砚。　②"虹桥"句：幔亭峰以仙迹著称，据宋人祝穆《武夷山记》载，秦始皇二年，武夷君在幔亭峰顶设宴招待乡人，于空中架虹桥，接引二千余人上山。宴罢，乡人辞别下山，忽然风雨骤至，虹桥飞断，回视山顶，岑寂如初。　③"二曲"句：自晴川溯流而上，为二曲。夹岸诸峰耸峙，其间玉女峰石色红润，亭亭玉立，尤令人瞩目。　④容：打扮。　⑤"道人"二句：据宋玉《高唐赋》，楚王游高唐，梦见神女，神女自言居巫山之阳，旦为朝云，暮为行雨，朝朝暮暮，阳台之下。在巫山望霞峰峰顶，兀立着一个人形般石柱，宛若少女，亭亭玉立，一直被人视为神女的化身，故又名神女峰。玉女峰秀出溪边，其状与巫峡神女峰相似。后

人游武夷九曲,见玉女峰也常怀朝云暮雨之念。而这两句却说不暇作此缅想,因眼前风景迷人,作者游兴正浓,思绪早已飞入前面翠峦之中。　⑥"三曲"句:三曲有小藏峰,又名仙船岩,峭壁千寻,东壁山罅间,有二艘木船架于横木之上,半藏罅内,半悬空中,谓之"架壑船"。　⑦泡沫风灯:《艺文类聚》卷七八徐陵《徐则法师碑》:"假矣生民,何其夭脆。譬彼风雷,同诸泡沫。"苏轼《孙莘老求墨妙亭诗》:"后来视今犹视昔,过眼百世如风灯。"均用以喻人生短促。　⑧"四曲"句:指四曲东岸的大藏峰和与之隔岸对峙的仙钓台。　⑨甚毵(lán sān):毛羽散垂貌。　⑩金鸡:大藏峰壁下有穴,相传古有鸡鸣,故名"金鸡洞"。　⑪有客:朱熹自称。武夷精舍即筑于五曲平林洲上。　⑫欸(ǎi)乃:行船摇橹声。　⑬"六曲"句:从苍屏峰前转折东流,便是六曲。　⑭"七曲"句:自六曲上溯,至獭控滩,是为七曲。　⑮隐屏、仙掌:俱峰名。　⑯此诗后二句,一本作"却怜昨夜峰头雨,添得飞泉几道寒"。　⑰"渔郎"二句:陶潜在《桃花源记》中虚构了一个与世隔绝的乐土,其地人人丰衣足食。后因称这种理想境界为世外桃源。这二句说桃源即在眼前,无需他求。

淳熙甲辰中春,精舍闲居,戏作武夷棹歌十首,呈诸同游,相与一笑

水口行舟二首

这两首诗描写江上景致,清词丽句,秀美如画。前一首诗用"夜如何"三字发问,用"试卷""依旧"作答,表现雨后情景,微妙入神。后一首写山水无声,鹈鴂争鸣,一静一动,相映成趣。烟波一棹,更是动中有静,静中有动,诗的境界极其优美。

一

昨夜扁舟雨一簑, 满江风浪夜如何?
今朝试卷孤篷看, 依旧青山绿树多。

二

郁郁层峦夹岸青, 春山绿水去无声。
烟波一棹知何许①,鹈鴂两山相对鸣②。

---

① 何许:何处。 ② 鹈鴂(tí jué):即杜鹃鸟。

武林

武林,山名,即今浙江杭州西灵隐山,后多用以指杭州。这首诗写作者在桃花不开、阴雨绵绵的日子里,驾一叶扁舟,在西湖之上遨游,疏宕不拘,狂态可掬,抒写自如,全以神行。

春风不放桃花笑, 阴雨能生客子愁。
只我无心可愁得, 西湖风月弄扁舟。

闻蛙

这是一首寓言诗。诗中通过描写春天池塘里一群青蛙的鸣叫,辛辣地讽刺了当时朝廷之上,那些达官贵人,借议论国事之机,互相攻讦,争吵不休,以济其私的丑恶嘴脸。

两枢盛怒斗春池①, 群吠同声彻晓帷②。
等是一场狼藉事③, 更无人与问官私。

---

① 两枢:枢,即重要或中心部分。古代称亲近皇帝或中央政权机要之职为枢近、枢要。两枢,指两个对立的势力集团。 ② 帷:帐子。
③ 狼藉:散乱不整。后常喻人行为不检,声名恶劣。

壬子三月二十七日闻迅雷有感

清代龚自珍的《己亥杂诗》:"九州生气恃风雷,万马齐喑究可哀。我劝天公重抖擞,不拘一格降人材。"脍炙人口。朱熹这首诗,尽管不为世人称道,但无论在用意、造句上,都和龚诗相似(或许龚诗就出于此)。这首诗作于绍熙三年(1192),宋光宗即位不久。诗中希望君王能像迅雷那样,破除阴晦,有所作为,和龚自珍希望天公打破人世万马齐喑、死气沉沉的局面一样,表现出同样的忧国深心。

谁将神斧破顽阴? 地裂山开鬼失林①。
我愿君王法天造②, 早施雄断答群心。

---

① 鬼失林:言鬼失其所据,无处安身。 ② 天造:自然规律,相对人力而言。

文

壬午应诏封事

宋高宗(赵构)绍兴三十二年壬午(1162)六月,高宗内禅,孝宗(赵昚)即位。八月,发布诏书,求天下直言,朱熹应诏上了这篇封事(密封的奏章。古代百官上书奏机密事,为防泄露,用皂囊封缄呈进,故称封事,也称封章)。这篇六千字的长文,集中体现了朱熹早年的治国方略,其内容主要包括三个方面:一、帝王治国的学问。朱熹认为,背诵诗文,留意佛、老,不可能治国。帝王的学问,集中在《大学》一书之中,务必格外重视这部经籍。这种看法,在当时尚未引起注意,但对后世却产生了极大的影响。二、抵御金国侵略的大计。朱熹是一个比较坚定的主战派,在本文中,他从各个方面批驳了与敌人讲和的主张,指出和议动摇人心,眩惑视听,沮丧自身斗志,助长敌人气焰,有百害而无一利,已为以往的事实所证明;现在应当从中吸取教训,壮大自己的力量,报仇雪耻。这段文字,行文壮阔,情词慷慨,具有很强的鼓动力量。三、解决百姓忧患的根本。朱熹指出,做坏事的虽然都是官吏,但根源在朝廷。因此,整饬朝廷纲纪,乃是最紧迫的事;如果不从这根本之处着手,只是枝枝节节地谋求解决一些问题,即使本意是想加惠于百姓,结果往往反而给他们增加骚扰和祸害。朱熹能在上皇帝的奏章中如此大胆直言，充分表现出他一片忧国忧民的热诚。文中最后指出，为了国家利益，势必要对前朝的旧法有所改变，重新设施。当时高宗还在，而朱熹对此竟无所顾忌，这也很能显示出他的胆识。这篇文章，和朱熹在宋孝宗淳熙十五年戊申(1188)所上的《戊申封事》，无疑是其集中最值得注意的文字。

八月七日，左迪功郎监潭州南岳庙臣朱熹①，谨昧死再拜上书于皇帝阙下②：

臣恭惟太上皇帝再造区夏③，受命中兴，忧勤恭俭，三十六年；春秋未高，方内无事，乃深惟天下国家之至计，一旦而举四海之广、天位之尊，断自宸衷④，传之圣子。皇帝陛下，恭承慈训，应期御历⑤，爰初践阼，曾未几何，而设施注措之间、所以大慰斯民之望者，新而又新，曾靡虚日，其规模固已宏远矣。然犹且谦冲退托，不以圣智自居，首下明诏，以求直言，此尤足以见帝王之高致，知为治之先务也。天下幸甚！

臣窃伏草茅，深自惟念：天下之大，不为无人；忠言嘉谟，崇论宏议，计已日陈于陛下之前。尚恐不足仰望清光⑥，无以少备采择；况臣之愚，虽欲效其区区，岂能有补于万分之一哉？又惟即位求言，累圣相承，以为故事⑦，则未知今日陛下之意，姑以备故事而已耶？抑真欲博尽群言，以冀万一之助也？臣诚愚昧，不知所出。然爱君尊主，出于犬马之诚，有不能自已者，故昧死言之，惟陛下留听。

臣伏读诏书，有曰"朕躬有过失，朝政有阙遗，斯民有戚休⑧，四海有利病⑨，并许中外士庶，直言极谏"者。臣窃以陛下潜德宫府几三十年⑩，不迩声色，不殖货利，无一物之嗜好形于宴私，无一事之过失闻于中外，昧爽而朝，严恭寅畏，仁孝之德，孚于上下。所以大系群生之仰望，浚发太上之深慈，以至于膺受付托⑪，奄有万方者，其必有以致之矣。然则圣躬之过失，臣未之闻也。今者临御未几，而延登故老，召用直臣，抑侥幸以正朝纲，雪冤愤以作士气。贡奉之私，不输于内帑⑫；恭俭之德，日闻于四方。凡天下之人所欲而未行、所患而未去者，以次罢行，几无遗恨。然则朝政之阙遗，臣亦未之闻也。至于斯民之戚休、四海之利病，则有之矣。然臣屏伏闽陬⑬，十有余年，足迹未尝及乎四方，其见闻所及之一二，内自隐度，皆非今日所宜道于陛下之前者，不敢毛举以混圣听；至若阴拱嘿默⑭，终不为陛下一言，则又非臣之所敢安也。

臣闻召公之戒成王曰⑮："若生子，罔不在厥初生，自贻哲命⑯。"孟子之言亦曰⑰："虽有智慧，不知乘势⑱。"方今天命之眷顾方新，人心之蕲向方切，此亦陛下端本正始、自贻哲命之时，因时顺理、乘势有为之会也。又况陛下圣德隆盛，天下之人，传诵道说，有年于兹。今者正位宸极，万物咸睹，其心盖皆以非常之事，非常之功，望于陛下，不但为守文之良主而已也。然而祖宗之境土未复，宗庙之仇耻未除，戎虏之奸谲不常，生民之困悴已极。方此之时，陛下所以汲汲有为，以副生灵之望者，当如何哉？然则今日之事，非独陛下不可失之时，抑国家盛衰治乱之机、庙社安危荣辱之兆，亦皆决乎此矣。盖陛下者，我宋之盛主，而今日者，陛下之盛时，于此而不副其望焉，则祖宗之遗黎胄裔，不复有所归心矣。可不惧哉！可不惧哉！臣愚死罪，窃以为圣躬虽未有过失，而帝王之学，不可以不熟讲也。朝政虽未有阙遗，而修攘之计，不可以不早定也。利害休戚，虽不可遍以疏举，然本原之地，不可以不加意也。盖学不讲，则过失萌矣；计不定，则阙遗大矣；本不端，则末流之弊，不可胜言矣。臣请得为陛下详言之：

臣闻之，尧、舜、禹之相授也⑲，其言曰："人心惟危，道心惟微，惟精惟一，允执厥中。"⑳夫尧、舜、禹皆大圣人也，生而知之，宜无事于学矣。而犹曰精，犹曰一，犹曰执者，明虽生而知之，亦资学以成之也。陛下圣德纯茂，同符古圣，生而知之，臣所不得而窥也。然窃闻之道路，陛下毓德之初，亲御简策，衡石之程㉑，不过讽诵文辞、吟咏性情而已。比年以来，圣心独诣，欲求大道之要，又颇留意于老子、释氏之书㉒。疏远传闻，未知信否？然私独以为若果如此，则非所以奉承天锡神圣之资，而跻之尧、舜之盛者也。盖记诵华藻，非所以探渊源而出治道；虚无寂灭，非所以贯本末而立大中㉓。是以古者圣帝明王之学，必将格物致知，以极夫事物之变，使事物之过乎前者，义理所存，纤微毕照，了然乎心目之间，不容毫发之隐，则自然意诚心正，而所以应天下之务者，若数一二、辨黑白矣。苟惟不学,与学焉而不主乎此,则内外本末,颠倒谬戾,虽有聪明睿智之资,孝友恭俭之德,而智不足以明善,识不足以穷理,终亦无补乎天下之治乱矣。然则人君之学与不学,所学之正与不正,在乎方寸之间,而天下国家之治不治,见乎彼者,如此其大,所系岂浅浅哉! 《易》所谓"差之毫厘,谬以千里",此类之谓也㉔。盖致知格物者㉕,尧、舜所谓精一也;正心诚意者㉖,尧、舜所谓执中也。自古圣人,口授心传㉗,而见于行事者,惟此而已。至于孔子㉘,集厥大成,然进而不得其位,以施之天下,故退而笔之以为六经㉙,以示后世之为天下国家者。于其间语其本末终始,先后之序,尤详且明者,则今见于戴氏之记㉚,所谓《大学》篇者是也㉛。故承议郎程颢与其弟崇政殿说书颐㉜,近世大儒,实得孔、孟以来不传之学,皆以为此篇乃孔氏遗书,学者所当先务,诚至论也。臣愚伏愿陛下捐去旧习无用浮华之文,攘斥似是而非邪诐之说㉝,少留圣意于此遗经,延访真儒深明厥旨者,置诸左右,以备顾问,研究扩充,务于至精至一之地,而知天下国家之所以治者,不出乎此,然后知体用之一原,显微之无间,而独得乎尧、舜、禹、汤、文、武、周公、孔子之所传矣㉞。于是考之以六经之文,鉴之以历代之迹,会之于心,以应当世无穷之变。以陛下之明圣,而所以浚其源、辅其志者,如此其备,则其所至,岂臣愚昧所能量哉!然臣非知道者,凡此所陈,特其所闻于师友之梗概端绪而已,陛下由是讲学而自得之,则必有非臣之言所能及者,惟陛下深留圣意毋忽,则天下幸甚!

臣又闻之:为天下国家者,必有一定不易之计;而今日之计,不过乎修政事、攘夷狄而已矣,非隐奥而难知也。然其计所以不时定者,以讲和之说疑之也。夫金虏于我有不共戴天之仇,则其不可和也,义理明矣。而或者犹为是说者,其意必曰:"今本根未固,形势未成,进未有可以恢复中原之策,退未有可以备御冲突之方,不若縻以虚礼,因其来聘,迁使报之,请复土疆,示之以弱,使之优游骄怠,未遽谋我,而我得以其间,从容兴补而大为之备。万一天意悔祸,或诱其衷,则我之所大欲者,将不用一士之命,而可以坐得,何惮而不为哉?"臣窃以为,知义理之不可为矣而犹为之者,必以有利而无害故也。而以臣策之,所谓讲和者，有百害无一利，何苦而必为之？夫复仇讨贼、自强为善之说，见于经者，不啻详矣。陛下聪明稽古，固不待臣一二言之，请姑陈其利害，而陛下择焉。夫议者所谓本根未固，形势未成，进不能攻，退不能守，何为而然哉？正以有讲和之说故也。此说不罢，则天下之事，无一可成之理。何哉？进无生死一决之计，而退有迁延可已之资，则人之情，虽欲勉强自力于进为，而其气固已涣然离沮而莫之应矣。其守之也必不坚，其发之也必不勇，此非其志之本然，气为势所分，志为气所夺故也。故今日讲和之说不罢，则陛下之励志必浅，大臣之任责必轻，将士之赴功必缓，官人百吏之奉承，必不能悉其心力，以听上之所欲为。然则本根终欲何时而固，形势终欲何时而成，恢复又何时而可图，守备又何时而可恃哉？其不可冀明矣。若曰以虚礼縻之，则彼虽仁义不足，而凶狡有余，诚有谋我之心，则岂为区区之虚礼而骄；诚有兼我之势，则亦岂为区区之虚礼而辍哉？若曰示之以弱，则是披腹心、露情实，而示之以本然之弱，非强而示之弱之谓也。适所以使之窥见我之底蕴，知我之无谋而益无忌惮耳。纵其不来，我恃此以自安，势分气夺，日复一日，如前所云者，虽复旷日十年，亦将何计之可成哉？则是所以骄敌者，乃所以启敌而自骄；所以缓寇者，乃所以养寇而自缓。为虏计则善矣，而非吾臣子所宜言也。且彼盗有中原，岁取金币，据全盛之势，以制和与不和之权，少懦则以和要我，而我不敢动；力足则大举深入，而我不及支。盖彼以从容制和，而其操术常行乎和之外，是以利伸否蟠，而进退皆得。而我方且仰首于人，以听和与不和之命，谋国者惟恐失虏人之欢，而不为久远之计，进则失中原事机之会，退则沮忠臣义士之心。盖我以汲汲欲和，而志虑常陷乎和之中，是以跋前踬后，而进退皆失。自宣和、靖康以来[35]，首尾三四十年，虏人专持此计，中吾腹心，决策制胜，纵横前却，无不如其意者；而我堕其术中，曾不省悟，危国亡师，如出一辙。去岁之事[36]，人谓朝廷其知之矣，而解严未几，虏使复至。彼何惮于我，而遽为若是？是又欲以前策得志于我，而我犹不悟也。受而报之，信节未还，而海州之围已急矣[37]。此其包藏反复，岂易可测？而议者犹欲以已试败事之余谋当之，其亦不思也哉！至于请复土疆，而冀其万一之得，此又不思之大者。夫土疆我之旧也，虽不幸沦没，而岂可使彼仇雠之虏，得以制其予夺之权哉！顾吾之德之力如何耳。我有以取之，则彼将不能有而自归于我；我无以取之，则彼安肯举吾力之所不能取者而与我哉？且彼能有之，而我不能取，则我弱彼强，不较明矣。纵其与我，我亦岂能据而有之？彼有大恩，我有大费，而所得者未必坚也。向者燕云三京之事㊳，可以鉴矣，是岂可不为之寒心也哉！假使万有一而出于必不然之计，彼诚不我欺而不责其报，我必能自保而永无他虞，则固善矣。然以堂堂大宋，不能自力以复祖宗之土宇，顾乃乞丐于仇雠之戎狄，以为国家，臣虽不肖，窃为陛下羞之。夫前日之遣使报聘，以是为请，既失之矣。及陛下嗣位，天下之望日庶几乎！而赦书下者㊴，方且禁切诸将毋得进兵，申遣使介，告谕纂承之意，继修和好之礼，亦若有意于和议之必成，而坐待土疆之自复者。远近传闻，顿失所望。臣愚不能识其何说，而窃叹左右者用计之不详也。古语有之："疑事无功，疑行无名㊵。"今虏以好来而兵不戢㊶，我所以应之者，常不免出于两途，而无一定之计，岂非所谓疑事也哉！以此号令，使观听荧惑，离心解体，是乃未攻而已却，未战而已败也。欲以此成恢复之功，亦已难矣。然失之未远，易以改图，往者不可谏，而来者犹可追也。愿陛下畴咨大臣，总揽群策，鉴失之之由，求应之之术，断以义理之公，参以利害之实；罢黜和议，追还使人，苟未渡淮，犹将可及。自是以往，闭关绝约，任贤使能，立纪纲，厉风俗，使吾修政事、攘夷狄之外，了然无一毫可恃以为迁延中已之资，而不敢怀顷刻自安之意。然后将相军民，远近中外，无不晓然知陛下之志，必于复仇启土，而无玩岁愒日之心㊷，更相激厉，以图事功。数年之外，志定气饱，国富兵强，于是视吾力之强弱，观彼衅之浅深，徐起而图之，中原故地，不为吾有，而将焉往？此不过少迟数年之久，而理得势全，名正实利。其与讲和请地，苟且侥幸，必不可成之虚计，不可同年而语也明矣。惟陛下深留圣意毋忽，则天下幸甚！

至于四海之利病，臣则以为系于斯民之戚休；斯民之戚休，臣则以为系乎守令之贤否。然而监司者㊸，守令之纲也；朝廷者，监司之本也。欲斯民之皆得其所，本原之地，亦在乎朝廷而已。陛下以为今日之监司，奸赃狼藉，肆虐以病民者谁？则非宰执台谏之亲旧宾客乎㊹？其既失势者，陛下既按见其交私之状而斥去之矣，尚在势者，岂无其人？顾陛下无自而知之耳。然则某事之利，为民之休；某事之病，为民之戚，陛下虽欲闻之，亦谁与奉承而致诸民哉？臣以为惟以正朝廷为先务，则其患可不日而自革。而陛下似亦有意乎此矣。盖前日所号召数君子者，皆天下所谓忠臣贤士也。所以正朝廷之具，岂有大于此者哉？然其才之所长者不同，则任之所宜者亦异。愿陛下于其大者，使之赞元经体，以亮天工㊺；于其细者，使之居官任职，以熙庶绩；能外事者，使任典戎干方之责㊻；明治体者，使备拾遗补过之官㊼；又使之各举所知，布之列位，以共图天下之事。使疏而贤者，虽远不遗；亲而否者，虽迩必弃。毋主先入，以致偏听独任之讥；毋笃私恩，以犯示人不广之戒。进退取舍，惟公论之所在是稽，则朝廷正而内外远近莫敢不一于正矣。监司得其人，而后列郡之得失可得而知；郡守得其人，而后属县之治否可得而察。重其任以责其成，举其善而惩其恶。夫如是，则事之所谓利，民之所谓休，将无所不举；事之所谓病，民之所谓戚，将无所不除，又何足以劳圣虑哉？苟惟不然，而切切然今日降一诏，明日行一事，欲以惠民，而适增其扰者有之；欲以兴利，而益重其害者有之。纷纭丛脞㊸，既非君道所宜，宣布奉行，徒为观听之美而已，则亦何补之有？况今旱蝗四起，民食将乏，图所以宽赋役、备赈赡、业流逋、销盗贼之计，尤在于守令之得其人。而其本原之地，则又有在。愿陛下深留圣意毋忽，则天下幸甚！

盖天下之事，至于今日，无一不弊，而不可以胜陈。以献言者之众，则或已能略尽之矣。然求其所谓要道先务而不可缓者，此三事是也。夫讲学所以明理而导之于前，定计所以养气而督之于后，任贤所以修政而经纬乎其中，天下之事，无出乎此者矣。伏惟陛下因此初政，端本正始，自贻哲命之时，因时顺理，乘势有为之会，于此三言，深加察纳，果断力行，以幸天下。则夫所谓不可胜陈之事，凡见于议者之言，而合乎义理之公、切于利害之计者，自然循次及之，各得其所。若其不然，虽有求治之心，而致之不得其方；虽有致治之方，而为之不得其序，一旦恭俭劳苦，忧勤过甚，有所不堪，而不见其效，则亦终于因循怠惰而无所成矣，岂天下之人所以延颈举踵而望陛下之初心哉！至于是时，虽欲悔之，臣恐其倍劳圣虑，而成效不可期也。又况旱蝗之灾，环数千里，陛下始初清明，行谊未过，而天戒赫然若此其甚，其必有说矣。臣愚窃以为此乃天心仁爱陛下之厚，不待政过行失，而先致其警戒之意，以启圣心，使盛德大美，始终纯全，无可非间⁴⁹，如商中宗⁵⁰、周宣王⁵¹，因灾异而修德，以致中兴也。是宜于此三术，屡省而亟图之，以顺民心，以答天意。以陛下之圣明，必将有以处此。愚臣所虑，独患议者不深惟其所以然之故，以为其间不免有所更张，或非太上皇帝之意旨，陛下所不宜为，以咈亲志⁵²。臣窃以为误矣。恭惟太上皇帝，至公无心，合德天地，临御三纪⁵³，艰难百为，其用人造事，皆因时循理，以应事变，未尝胶于一定之说。先后始末之不同，如春秋冬夏之变，相反以成岁功。存神过化⁵⁴，而无有毫发私意凝滞于其间。其所以能超然远引，屣脱万乘⁵⁵，而不以为难者，由是而已。本其传位陛下之志，岂不以陛下必能缉熙帝学，以继迹尧、禹乎？岂不以陛下必能复仇启土，以增光祖宗乎？岂不以陛下必能任贤修政，以惠康小民乎？诚如是也，则臣之所陈，乃所以大奉太上诒谋燕翼之圣心⑯，而助成陛下尊亲承志之圣孝也。议者顾欲守一时偶然之迹，一二以循之，以是为太上皇帝之本心，则是以事物有形之粗，而语天地变化之神也，岂不误哉！且古者禅授之懿，莫如尧、舜之盛，而舜承尧禅，二十有八年之间，其于礼乐刑政更张多矣。其大者：举十六相⑰，皆尧之所未举；去四凶⑱，皆尧之所未去。然而舜不以为嫌，尧不以为罪，天下之人，不以为非，载在《虞书》⑲，孔子录之，以为大典，垂万世法。而况臣之所陈，非欲尽取太上皇帝约束纷更之也，非贵其所贱，贱其所贵，而悉更置之也，因革损益，顾义理如何尔，亦何不可，而陛下何嫌之有哉？愿早图之，以幸天下，毋疑于臣之计也。

若夫战守之机，形制之势，则臣未之学，不敢妄有所陈。然窃闻之，上流督帅，物望素轻，黜陟失宜⑳，效于已试；下流戍兵，直弃淮甸，长江之险，与虏共之。斯乃古今之所共忧，愚智之所同惑，臣虽鄙暗，亦窃疑之。况今秋气已高，虏情叵测，传闻汹汹，咸谓或当复有去岁之举(61)，虽虚实未可知，然是二者，实强弱安危形势所系，呼吸俯仰之间，未足以喻其急也。愿陛下并留圣意，臣不胜大愿。

臣凡愚不学，顷岁冒昧，群试有司，太上皇帝赐之末第，获叨官禄。既又误听人言，猥加收召，适以疾病，留落不前。今则血气益衰，精神益耗，屏居山田，未知所以仰报大恩之日，敢因明诏，罄竭愚衷，昧死献书以闻。迂疏狂妄，不识忌讳，忤犯贵近，切劘事机(62)，罪当万死，惟陛下哀怜财赦而择其中(63)。干冒天威，臣无任震惧兢惶、俯伏待罪之至。臣熹昧死再拜。

---

① 迪功郎：宋代文阶低级散官，有衔名而无实职。潭州，隋开皇九年(589)，改湘州为潭州，治所在长沙。唐辖境相当于今湖南长沙、株州、湘潭、益阳、浏阳、湘乡、醴陵等地。宋辖境略有扩大。南岳，五岳之一，即衡山。监南岳庙，掌管祭祀南岳庙神。据王懋竑《朱子年谱》卷之一上记载，宋高宗绍兴二十八年(1158)冬，朱熹为养亲，请求监潭州南岳庙。直到他上这篇封事之时，仍担任此职。 ② 阙下：指皇帝居住的地方。古代臣子上书给皇帝，不敢直指，只说阙

下。　③太上皇帝:对宋高宗在让位给孝宗后的尊称。区夏:诸夏之地,指中国。　④宸衷:帝王的心意。北极星所在为宸。后来借用为帝王居住的地方,又引申为帝位、帝王的代称。　⑤应:顺应。期:期运,也就是气数、运数。御:统治,治理。历:历数,天道,也指朝代更替的次序。　⑥清光:美好的风采,敬词。　⑦故事:先例,指过去的典章制度。　⑧戚休:即休戚,欢乐与忧虑。这里只作忧患解。　⑨利病:犹言利弊、利害。这里只作弊病解。　⑩潜德:不为人所知的美德。帝王在未正式作为皇位继承人之前所居住的地方,叫潜邸。　⑪膺受:接受。膺:受。　⑫帑(tǎng):贮藏钱财的地方,又指库中的钱财。　⑬陬(zōu):边隅,角落。　⑭阴拱:暗自敛手,即袖手旁观。　⑮"臣闻召公"句:召公,一作邵公、召康公,周代燕国的始祖,名奭。因采邑在召(今陕西岐山西南),称为召公或召伯。成王时任太保,与周公旦一起辅助成王,治理国家。成王,西周国王,姬姓,名诵。其父武王死时,他尚年幼,由叔父周公旦摄政。　⑯"若生子"三句:出自《尚书·召诰》。大意是:王新即位,开始实行教化,当如初生之子,习为善则善,无不在初生时自己留下明智之命。治理国家也是这样。　⑰孟子(约前372—前289):战国思想家。名轲,字子舆,邹(今山东邹城东南)人。历游齐、宋、滕、魏等国。他的思想,对后来宋儒有很大影响,被认为是孔子学说的继承者。著作有《孟子》七篇。　⑱"虽有智慧"二句:出自《孟子·公孙丑上》。　⑲尧、舜、禹:都是传说中父系氏族社会后期部落联盟领袖。尧,陶唐氏,名放勋,史称唐尧。死后,由舜继位。舜,姚姓,有虞氏,名重华,史称虞舜。禹,姒姓,亦称大禹、夏禹,奉舜命治理洪水有功,被舜选为继承人。其子启建立了中国历史上第一个奴隶制国家,即夏朝。　㉒"人心惟危"四句:出自《尚书·大禹谟》。㉑衡石之程:衡石,古代对衡器的通称。衡,称。石为重量单位,一百二十斤为一石。据《史记·秦始皇本纪》载,当时天下的事情,无论大小,全由始皇一人决定,以至于衡石称量表奏,日夜都有一定的指标,不完成就不休息。这里借喻每天必修的学业。　㉒老子:春秋末期思想家,道家的创始人。姓李名耳,字伯阳,一字聃。楚国苦县(今河南鹿邑东)厉乡曲仁里人。做过周朝管理藏书的史官,著有《老子》。释氏:谓佛。佛姓释迦氏,略称释氏。　㉓大中:尊大而居中。出自《易·大有》。后泛指无过不及,恰如其分的道理,原则。也称大中之道。　㉔"《易》所谓"三句:《易》,《周易》,又称《易经》,儒家重要经典。据近人研究,大抵系战国或秦、汉之际的儒家作品,并非出自一时一人之手。"差之毫厘,谬以千里"二句,出自《礼记·经解》。　㉕致知格物:《大学》:"致知在格物。"言要获得知识,就要推究事物的原理。　㉖正心诚意:《大学》:"意诚而后心正。"言只有意念诚真,然后才能心术端正。　㉗心传:宋儒宣扬道统,称《尚书·大禹谟》中"人心惟危,道心惟微,惟精惟一,允执厥中"十六字为尧、舜、禹传授的心法,称"十六字心传"。　㉘孔子:见《复用前韵敬别机仲》注。　㉙六经:六部儒家经典。即在《诗》《书》《礼》《易》《春秋》五经外,另加《乐经》。后世学者或以为《乐经》因秦焚书而亡失,或认为儒家本来没有《乐经》,"乐"即包括在《诗》《礼》之中。㉚戴氏之记:有《大戴记》《小戴记》两种。此指《小戴记》,即今通行的《礼记》,西汉戴圣编纂,为儒家经典之一。　㉛《大学》:原是《礼记》的一篇。宋儒把它从《礼记》中抽出,与《论语》《孟子》《中庸》相配合,称为"四书"。　㉜"故承议郎"句:承议郎,宋代文阶低级散官,但有衔名而无实职。崇政殿说书,宋代官名,负责向皇帝进读书史,讲解经义,以学者充任。程颢(1032—1085),洛阳人,北宋哲学家。字伯淳,学者称明道先生。程颐(1033—1107):北宋哲学家。字正叔,学者称伊川先生。与其兄程颢同为北宋理学的奠基者,世称"二程"。所传著作,收入《二程全书》中。　㉝ 诐(bì):偏颇,邪僻。

㉞ 汤:又称成汤,或称成唐。原为商族领袖,后一举灭夏,建立商王朝。文:周文王。姬姓,名昌,商末周族领袖。武:周武王,名发。继承其父文王遗志灭商,建立西周王朝。周公:西周政治家。名旦,周武王之弟,因采邑在周(今陕西岐山北),称为周公。相传他制礼作乐,建立了一套比较完整的典章制度。　㉟ 宣和:宋徽宗(赵佶)年号(1119—1125)。靖康:宋钦宗(赵桓)年号(1126—1127)。

㊱ 去岁之事:据《宋史·孝宗本纪》载,宋高宗绍兴三十一年,金兵前来侵犯,两淮失守,当时在朝大臣多主张退避,孝宗不胜愤慨,自己率领军队作为前锋应战。　㊲ 海州之围:据《宋史·孝宗本纪》载,宋高宗绍兴三十一年八月,义士魏胜收复海州。十月,魏胜攻沂州,兵败,退还海州,金兵围攻海州。　㊳ 燕云三京之事:指宋徽宗重和、宣和年间宋与金合谋攻辽割地事。燕,燕京,辽会同元年(938),以幽州(今北京及其西南一带)为南京,又称燕京。云,云州,辽重熙十三年(1044),升为大同府(辖境相当于今山西长城以南,桑干河以北地),建西京。三京,指南京(幽州),西京(云州)及中京。辽统和二十五年(1007),建中京大定府于故奚王牙帐,此后常为辽帝驻跸(帝王出行,中途暂住)之所,故址在今内蒙古宁城西大明城。宋徽宗重和元年(1118),宋派使者与金合谋攻辽,宣和二年(1120),又与金定约:宋在灭辽后将输辽岁币输给金;金在灭辽后将燕京一带旧

壬午应诏封事

汉地归宋;金攻辽中京,宋攻燕京。结果宋军攻辽失败,燕京仍由金兵攻占。经交涉,在宣和五年(1123)达成协议:宋答应给金岁币三十万匹绢、二十万两银及燕京代税钱一百万贯,金才将燕京及其附近的蓟、景、涿、顺、檀、易六州还宋。但云州一带土地被金并吞。宣和七年(1125),金又分道南侵,攻占太原、燕京,北方诸郡,同时陷落。 ㊴赦书:古代帝王即位后大赦罪犯的文书。 ㊵"疑事无功"二句:出自《战国策·赵策二》。 ㊶戢(jí):止息。 ㊷愒(kài)日:旷废时日。 ㊸监司:指监察地方属吏的官。 ㊹宰执:宋代以同平章事为宰相,其他如参知政事、左右丞及枢密使、副使,称为执政官,合称宰执。台谏:唐宋台谏为两官,台有侍御史、殿中侍御史、监察御史,专主纠劾官邪;谏有谏议大夫、拾遗、补阙、司谏、正言,掌侍从规谏。 ㊺亮:辅助。天工:天下之大功。 ㊻干方:语出《诗·大雅·韩奕》"干不庭方"。干,筑墙时立在两头的大木,引申为纠正、整治之意。这里以干方借指镇守四方,以防作乱。 ㊼拾遗、补过:补过即补阙,唐代谏官名,职务为对皇帝进行规谏,并荐举人员。 ㊽丛脞(cuǒ):烦琐,细碎。 ㊾"臣愚窃以为"七句:西汉哲学家董仲舒结合阴阳五行说,提出"天人感应"说。认为天和人相类相通,天能干预人事,人的行为也能感应上天。如果国家有了过失,上天就会出现灾异作为警告。朱熹在此继承了董仲舒的说法,希望以此激励孝宗,以图中兴宋朝大业。 ㊿商中宗:甲骨文称为中宗祖乙,在位七十五年,商复兴。 ㊿¹周宣王(?—前782):姬姓,名靖(又作静),周厉王子。过去常被称作是"中兴之主"。
㊿²咈(fú):违背,抵触。 ㊿³纪:十二年为一纪。 ㊿⁴存神过化:《孟子·尽心上》:"夫君子所过者化,所存者神。"言君子所经过的地

方，人人都被感化；君子所存主的地方，神妙莫测。 (55) 屣（xǐ）脱万乘：屣，鞋。万乘，周代的礼制，天子地方千里，出兵车万乘，故后以万乘称天子。《孟子·尽心上》："舜视弃天下，犹弃敝蹝也。"这句说抛弃皇位就像脱一双鞋子那么轻易。 (56) 诒谋燕翼：《诗·大雅·文王有声》："诒厥孙谋，以燕翼子。"诒，通"贻"，留下。孙，同"逊"，顺。燕，安定。翼，庇护。这句说留下顺应天下的谋划，来安顿庇护子孙。后因称善为子孙谋虑为燕翼。 (57) 十六相：十六个有才能的大臣，即十六族。古代传说，高辛氏有才子八人，谓之八元；高阳氏有才子八人，谓之八恺，合称十六族。 (58) 四凶：古代传说，浑敦、穷奇、梼杌、饕餮等四个不听从舜控制的部落首领，都被舜流放。 (59)《虞书》：《尚书》中的一部分。 (60) 黜陟（chù zhì）：降官称作黜，升官称作陟。 (61) 去岁之举：已见前注。 (62) 切劘（mó）：琢磨。 (63) 财赦：财通才，财赦犹言少赦。

翻译

八月七日，左迪功郎监潭州南岳庙臣朱熹恭敬地冒死上书于皇帝阙下：

臣追思太上皇帝重建中国，秉承天意，使国家由衰落而重新兴盛。在位三十六年，心忧国难，日理万机，待人谦恭，生活俭朴。尚未年迈，国内太平，但是为国家根本着想，作出决断，一下子将广大的国土、尊贵的帝位，都传给了皇子。陛下受太上皇帝仁慈的教诲，应运而立，治理国家。才登帝位尚未多久，而在计划施行、安排处理中，能满足百姓愿望，日新月异，从不虚度时日，规模确实已经十分远大。但还是谦虚退让,不以圣人智者自居,首先颁下诏书,征求耿直的言论,这尤其可以显示帝王情志崇高,懂得治国的首要之事,天下真是太幸运了。

臣藏身草野之间,暗中深思:天下如此之大,不乏贤能之士,忠言良谋、高论宏议,想来已天天献在陛下面前。但可能还不能使陛下感到满意,没有什么可供采纳;何况像臣这样愚笨的人,虽然也想尽其微力,又怎么可能对陛下略有帮助呢?又想即位之后,求人进言,这在过去帝王是代代相传,已成一种惯例。不知道今天陛下的本意,是姑且作为惯例而行呢?还是真想使众人畅所欲言,希望从中得到一点帮助呢?臣确实愚昧,不知陛下出自何意。但爱戴尊敬君王之心,出于一片忠诚,无法平息,所以冒死上言,希望陛下能留意听取。

臣恭敬地读着诏书,见里面有"如果朕本身有过失,朝廷政事有失误,百姓有忧患,各地有弊病,都允许朝野的官吏百姓,直言不讳,尽力规谏"这样的话。臣私下认为陛下未登基前在宫中修德近三十年,不近声乐女色,不蓄货物财宝,没有任何癖好表现在宴乐之中,没有丝毫过失传布在朝野之间,拂晓上朝,整肃恭敬,小心谨慎,仁爱孝顺的美德,为上下信服。因此能得众人的爱戴,加深太上皇帝的厚爱,以至继承皇位,统治国家,这决不是无缘无故取得的。那么陛下自身的过失,臣从未听到过。如今即位不久,便引进元老旧臣,任用刚直之士,压制投机取巧的行为,以端正朝廷的纲纪,平雪冤愤,以振作士气。各处贡献的财宝,不送往宫内的仓库,恭敬俭朴的美名,天天在各地传播。凡是人们所想要而未实行、所忧虑而未排除的事,依次或推行或停止,几乎没有令人感到遗憾的地方。那么朝廷政事的失误,臣也没有听到过。至于百姓的忧患,各地的弊病,那是有的。只是臣隐居在福建的一个角落十年有余,没有到各地去过,所看到、听到的一些事,私下考虑,都不是今天应该在陛下面前陈说的,不敢以这些琐碎的小事打扰陛下。但如果暗自袖手旁观,闭口沉默,始终不对陛下讲一讲,那又不是臣所能心安的。

臣听说召公告诫成王道:"就像才生下来的孩子,无不在刚出生的时候,自行留下明智之命。"孟子也说:"纵然有智慧,不如趁形势。"如今正是上天垂爱关注刚开始的新时期,人心追求理想十分殷切,这也正是陛下端正根本始初、自行选留明智之命的时候,是利用时机,顺应天理,趁着时势,大有作为的好机会。何况陛下德行崇高,举国上下,流传称颂,已有多年。如今登上皇位,四方仰望,百姓的心里,都以能干出不寻常的事情,建立不寻常的功业,寄希望于陛下,而不仅仅是做一个遵守成法的贤君而已。然而现在祖宗传下的国土尚未收复,国家的深仇大辱尚未消除,敌人的阴谋巨测,百姓的困苦已到极点。在这个时候,陛下如果要急切有所作为,用以满足百姓的希望,应当怎样呢?那么今天所做的事,不仅关系到陛下不可丧失的良机,就是国家盛衰治乱的关键,宗庙社稷安危荣辱的征兆,也都取决于此。陛下是我们大宋王朝有为的君主,当今正是陛下的壮年,在这时候如果不能满足百姓的希望,那么祖宗的遗民后代,就不再有所归向了。能不戒惧吗?能不戒惧吗?臣愚笨该死,私下认为陛下自身虽无过

壬午应诏封事

失,但有关帝王的学说,不可不反复探讨;朝廷政事虽无失误,但整顿国家、抵御外敌的大计,不可不早日作出决定;百姓和国家的弊病忧患,虽然不可能全部列举,但根本所在,不可不多加留心。因为学说不探讨,那么过失就会萌生;大计不决定,那么失误就大了;根本不端正,那么后来的流弊,就说不尽了。请允许臣为陛下详细地陈说:

臣听说唐尧、虞舜、夏禹在传授帝位时告诫道:"民心非常危险,道心非常幽微,应当精心一意,诚信地执守中正之道。"尧、舜、禹都是古代的大圣人,生下来就懂得道理,应该无须再从事学问了。但还是讲要精心,要一意,要执守,说明虽有生下来就懂得道理的天赋,也得依靠学习而后成才。陛下同古代圣人一样,具有纯粹美好的品德,和生下来就懂得道理的天赋,这是臣所不能看到的。但是私下听到外边传说,陛下开始修养德性的时候,所阅读的书籍,每天的课程,不过背诵诗文、抒写性情而已。近几年来,陛下心思专注,想要求得大道的根本,又很留意老子、佛教的书籍。我远离朝廷,只是听说而已,不知是否确实?但私下却认为如果真是这样,那么就不是善用神圣的天赋,以建立尧、舜盛业的作为。因为记诵华丽的辞藻,不能用来推究事物根源而得出治国的方略;佛、老虚无寂灭的说教,也不是用来贯通本末、建立中正之道的理论。因此古代圣明帝王从事学问,必推究事物的原理以获得知识;穷尽事物的变化,使得在眼前出现的事物,道理所在,再细微也能看到,心中非常明白,不允许有丝毫隐藏。这样自然意念真诚,心术端正,而用来处理国家事情的措施,就像计数一

二、辨别黑白那么清楚。如果不学习,或学习而不以此为准,那么内部与外部,根本与枝节,就会颠倒错乱,虽有聪明杰出的天赋,孝顺、友爱、恭敬、俭朴的品德,但由于智识不足以明辨善恶、穷究事理,结果对国家的治乱也毫无裨益。那么帝王学习与不学习,所学内容正与不正,虽在个人心中,而对国家政治的安定与否,会产生极大的影响,关系多么密切啊!《易经》所讲"开始时很微小的差别,到后来可能产生极大的不同",就是针对这类事情而说的。推究事物的原理,以获得知识,就是尧、舜所说的精粹纯一;心术端正,意念真诚,就是尧、舜所说的不偏不倚的中庸之道。自古以来的圣人,讲解传授,并在行为中表现出来的,不过这些罢了。孔子系统地总结了前人的成果,但由于不居帝王之位,无法在国中施行他的主张,于是退而编写了六经,以供后世治理国家的人观看。在这些书中,对于事情的根本、枝节、发端、终结,先后次序,讲得尤其详细明白的,现在保留在戴氏《礼记》之中,就是名为《大学》的这一篇。从前,承议郎程颢和他的弟弟崇政殿说书程颐,都是近代的大儒,真正掌握了孔子、孟子以来中断了的学说,他们都认为这篇《大学》,是孔子的遗作,学者应当首先攻读,这确实是十分深刻的言论。我恳切希望陛下抛弃过去所学习的那些没有用处的虚浮华丽的文辞,排斥似是而非、邪僻不正的学说,稍微留心这部遗留下来的经籍,引进能深切了解其意义的真正的儒者,安置在身边作为顾问,深入研究,并扩大充实,务必达到最精粹纯一的境界,懂得治理国家的办法,都在这部书中,然后知道事物的本体和作用同一个根源,现象和本质不能分隔,这样就独自获得尧、舜、禹、汤、文、武、周公、孔子所传授的心法了。然后再拿六经的文辞来作参考，以历代的事迹作为借鉴，在心中融会贯通，来应付当今世界无穷无尽的变化。以陛下的英明神圣，用来加深认识、辅导志向的，又已如此完备，那么以后的造诣，又哪里是像臣这样愚昧的人所能估量的呢？但臣不是真正懂得大道的人，这里所陈述的，只不过是在师友那里听到的一些大概头绪罢了。陛下若能以此讲求学问，自己有所体会，一定会有超出臣现在所讲的心得。希望陛下深切注意，不要忽视，那么天下真是太幸运了。

臣又听说：治理国家，必有一定不变的方针。而现在的方针，不过是整饬政事、抵御外敌而已，不是深奥难知的事。但国家的方针，之所以不能及时作出决定，是由于讲和的说法使人动摇不定。金房和我国有不共戴天的大仇，不可与他们讲和，这道理非常清楚。而有人还要提出这种说法，他的想法必定是这样："如今国家根本没有巩固，有利形势还未出现，进攻没有可以恢复中原的规划，退守也没有防备冲突的方略。不如用虚假的礼节来笼络敌人，乘他们派人前来修好，我们也派使者还报，请求归还国土，故意显示自己的虚弱，使他们悠闲自得，骄傲怠惰，不至于马上谋算我国，而我国便能在这空隙，不慌不忙地兴办、充实各项事业，来作好充分准备。万一上天追悔已造成的祸乱，或许能诱导敌人之心，那么我们最大的愿望，将不劳一兵一卒，就可以达到，有什么顾虑而不这样做呢？"但臣私下认为，已经明白从道理上讲不能这样做，但还要去做，必定是因为这样做有利无害的缘故。而据臣分析,所谓讲和这件事,实在有百害而无一利,何苦一定要去做呢?关于报复深仇、讨伐敌人、努力图强、推行善政这些言论,在经籍上已记载得很详尽了。陛下为人聪明,研习古事,本用不到臣再来一一举例,请允许且就这事的利害两个方面加以说明,由陛下采择吧!主张讲和的人所说的根本没有巩固,有利形势没有出现,进不能攻,退不能守,为什么会这样呢?正是由于有讲和这种说法的缘故。这种说法不停止,那么国家的事情,没有一件能够成功。为什么这样说呢?因为进攻没有决一死生的打算,退守反有拖延苟安的依托,那么人的常情,虽想勉强努力进取,但勇气早已离散沮丧、难以回应了。这样,防守必然不可能巩固,进攻必然不可能勇敢。这并非志向原本如此,而是勇气因形势影响而削弱,志向因勇气削弱而丧失的缘故吧。所以今天讲和之说不停止,那么陛下励精图治的志向一定不大,大臣的责任心一定不强,将官士兵建立功业的念头一定不迫切,百官众吏接受了使命一定不能尽心竭力、遵照上面的意图去办。那么国家根本究竟到什么时候才能巩固?有利形势究竟到什么时候才能出现?恢复国土又要到什么时候才能谋划?防守准备又要到什么时候才能有所依靠呢?很明显这是没有希望的。至于说用虚假的礼节来笼络敌人,那么他们虽然缺少仁义道德观念,但却非常凶狠狡猾,确实有谋取我国的野心,又怎么可能因为区区虚假的礼节而骄怠?确实有兼并我国的趋势,又怎么可能因为区区虚假的礼节而作罢呢?如果说对敌人显示自己虚弱,这是披露真实情况,显示原本如此的虚弱,而不是那种本来强大却故意显示虚弱的做法,恰恰

壬午应诏封事

因此使得敌人看到我国的底细,知道我国没有谋划,从而更加肆无忌惮罢了。即使他们不来,我国靠着这种局面偷安一隅,势力分散,勇气削弱,一天天过去,像上面所说的情况,就是再虚度十年,又有什么办法取得成功呢?那么这种用以使敌人骄怠的办法,正是启发敌人侵略,而使自己麻木骄怠;用以延缓敌人侵略的办法,正是养成寇患,而使自己延误失策。替敌人谋划,倒可以说是很完善了,但不是我们臣子所应该说的啊!况且他们强占了中原土地,每年索取我国的金银财物,凭借极盛的势力,来控制和与不和的主动权。稍感怯弱的时候,就拿讲和来要挟我国,而我国不敢行动;一旦力量充分,就大举深入,而我国又来不及对付。这是因为他们从容不迫地控制着讲和的大权,而所操手段,又常常不受讲和的约束,因此见到有利可图便向前伸展,不利时又蟠伏起来等待机会,无论进退,都能如愿。而我国抬着头看人脸色行事,和与不和都得听从别人指挥,筹划国家大事的人,惟恐失去敌人的欢心,而不做久远的打算。进攻既已失去恢复中原的有利机会,退守又挫丧忠臣义士的雄心,这是因为我国急于求和,心思常钻在讲和之中,因此顾前失后,进退两难。自从宣和、靖康以来,前后三四十年,敌人一直拿这个计策击中我们的要害,决定计策,制服我国,纵横进退,所向无不如意。而我国落入他们的圈套之中,从不觉悟,危害国家,丧失军队,总是这样。经过去年的事变,人们都说朝廷应该懂得敌人的计策了,但是战事停止不久,敌方使者又到,他们对我国有什么可害怕而急于如此呢?这是又要拿从前的计策来逞其所欲了。而我国却仍不觉悟,接待来使,并派人还报。结果使者还没有回来,而海州被围已很紧急了。他们包藏祸心,反复无端,实难预测;而议事的人,还要拿已经试行失败的老办法来对付敌人,也太欠考虑了。至于请求归还国土,希望万一能够获得,这就更欠考虑了。国土是我国故有的,现在虽然不幸沦陷了,但怎么可以让仇敌掌握给予和剥夺的权柄呢?这事只是看我国的文教武功如何罢了。我们有力量去收复,那么他们就不能占有,自然归还我国;我们无力收复,那么他们又怎么肯将我们无力收复的国土还给我国呢?况且他们能够占有,而我们不能收复,那么我方虚弱,敌方强大,力量的对比就已经很明显了。即使他们还给我国,我国又怎么能占有呢?他们认为是很大的恩赐,我国得付出很大的代价,但所收复的国土,却未必牢固。从前燕云三州的往事,可以作为借鉴了,这怎能不使人感到寒心呢?退一步讲,万一真的出乎意料之外,他们确实不欺骗我国,也不要酬报,我们也一定能保全国土,永远没有其他的忧患,那固然好极了。但以堂堂大宋王朝,不能够靠自己的力量来恢复祖宗疆土,反而向仇敌蛮族乞讨,这样作为一个国家,臣虽无能,私下也替陛下感到惭愧。前些时候,朝廷派使者回访,以此事提出请求,已经错了。等到陛下即位,天下的人都认为大概有希望了。但颁布大赦诏书,却是严禁诸将擅自进攻,派遣使者,告诉敌人即位后的意愿,继续保持和好的礼节,好像也认为和议一定能成功,可以安坐等待国土自然恢复。自朝廷至于远方的人士,口传耳闻了这些消息,顿时使人丧失了原有的希望。臣实愚笨,不能明白这样做的道理,但私下叹息皇上身边的大臣,在筹算谋划时太不周密了。

壬午应诏封事

古谚曾经说过:"做事迟疑不决,不能成功;行动迟疑不决,丧失名义。"现在敌人一面派使者来谋求和好,一面却继续出兵不止。而我国应付他们,常常不免要做两种准备,没有一定不易的方针,这岂不是古谚所说的疑事吗?靠这种心态发号施令,使大家的视听迷乱眩惑,人心背离,组织涣散,这是没有遭到攻击已先自退却,没有交战已先自败亡。而要想凭这种状况去恢复国土,也就非常困难了。但在错误的道路上走得不远,还容易回头,过去已经做错的事,虽然不能再谏正,但以后做事时可从中吸收教训,不致重犯。希望陛下访问大臣,综合大家的意见,审察以前失策的原因,谋求今后对付的办法,用一致公认的道理来作决断,参考实际的利害关系;废除和议,追回派去的使者,如果使者没有渡过淮河,还来得及。从此以后,闭塞关门,断绝往来,任用贤能之士,建立法度,磨砺风俗,使自己明白除了治理政事、抗击蛮族之外,没有任何可以作为拖延停顿的依托,不敢存片刻安逸的念头。然后将相军民,远近中外,无人不知陛下的志向,一定要报复深仇、开拓疆域,而无旷废时日的心意,相互激发鼓励,来谋求功业。数年之后,众志坚定,精神饱满,国家富有,兵力强大,然后根据我国力量的强弱,观察敌人内部裂痕的深浅,慢慢地谋算他们,中原故土,不为我国所有,还会到哪里去呢?这样不过推迟几年时间,但合乎情理,形势周全,名义正当,利益实在。这与同敌人讲和、请求归还失地、得过且过、等待运气,而必定不会成功的空想不可相提并论,是再明显不过的了。希望陛下密切注意,不要忽视,那么天下太幸运了。

至于各地的利弊,臣认为取决于百姓的或忧或乐;而百姓的忧乐,臣认为取决于地方官吏是否贤良。而监司是地方官的主管,朝廷又是决定监司的所在,要百姓都能安居乐业,根本之地在于朝廷罢了。陛下认为今天的监司,贪污受贿,声名狼藉,恣行暴虐,残害百姓的,是哪些人?不就是宰相、执政、御史、谏官的亲戚、朋友、宾客吗?其中已经丧失权势地位的人,陛下已经查明他们结党营私的情形而驱逐了。而在那些尚有权势地位的人中,难道没有这种人吗?只是陛下无从察觉罢了。那么,什么事有利百姓,使他们欢乐,什么事困扰百姓,使他们忧虑,陛下虽想了解,也将由谁来接受使命推行到百姓中去呢?臣认为只有将整饬朝廷纲纪,作为当前最紧迫的事来办,那么这种患害,就可以很快自行革除了。陛下好像也已注意到这事了。前些时候所招集的几位君子,都是国内的忠臣贤士啊。用来整饬朝廷纲纪的才干,哪有比这些人更大的呢?但他们的才能,各有所长,不尽相同,如何任用合适,也要有所区别。对于堪当重任的人,希望陛下使他们辅佐元首,治理国事,建立大功;对于长于具体事务的人,使他们担任官职,光大政绩;对于有对外作战才能的人,使他们掌管兵马,担负镇守地方的重任;对于明白治国体要的人,使他们充任侍从谏官之职。又叫他们各自推荐所熟识的人才,分布在各个职位之上,一起筹划国家的大事。让即使关系疏远却德才兼备的人,也不被遗弃;无德无才的人,虽然关系亲近,也不录用。不要先入为主,产生成见,以招致偏听偏信、独断独行的讥刺;不要被私人感情所左右,让人看到自己心胸不广,这是前人已经告诫过的。哪

壬午应诏封事

些人应该引进任用,哪些人应该斥退舍弃,一概根据公众的舆论来做决定。这样朝廷清正,而内外远近也都不敢不正了。监司得到合适的人选,然后各郡的得失就可以知道;郡守得到合适的人选,然后所属各县的治乱就得以考察。加重他们的责任,督责他们完成任务,提升优良的,惩办作恶的。如能做到这样,那么对百姓有利、使之欢乐的事,将没有一件不兴办;对百姓有害、使之忧虑的事,将没有一件不废除,又还有什么要劳皇上忧虑呢?如果不是这样去做,而只是匆匆忙忙地今天颁布一道诏书,明天推行一件事情,本意虽是要加惠于百姓,有的却反而增加对他们的骚扰;想要为百姓谋利,有的却反而加重了对他们的祸害。杂乱烦琐,对君王统治国家已经很不合适,上面颁布命令,下面接受推行,也只是表面上好看些、好听些罢了,对实事又有什么裨益呢?何况如今旱灾蝗害,到处发生,百姓粮食将告匮乏,谋求怎样来宽缓赋税劳役,储备周济灾民的物资,安置流亡,消灭盗贼,尤其在于郡守县令得到合适的人选。而它的根本,又在于朝廷。希望陛下密切注意,不要忽视,那么天下太幸运了。

　　天下的事情,到了今天,已没有一件不败坏,无法一一列举说明。因为呈献意见的人很多,或者已经大致都讲到了。但是要找出所谓根本要道急需先办、不可稍缓的,就是上述这三件事。探论学问,是为了明白道理,在前引导。决定政策方针,是为了培养气势,在后督促。任用贤良,是为了整饬政事,在中间规划治理。国家的事情,没有超出这个范围的。希望陛下能趁现在刚即位执政,端其本,正其始,自行选择明智之命的时候,利用时机,顺应事理,凭借形势大有可为的机会,对于这三点,多加审察采纳,果断地尽力推行,造福国家。那么上面所谓无法一一列举的事情,凡是议论的人已经提到,而且又合乎公认道理、并同利害密切相关的,自然依次着手,件件办妥。如果不是这样,虽有求治的好心愿,而做起来却缺乏正确方法;或者虽有可以达到治理的方法,但做起来又不知先后顺序,一旦因为克俭辛苦、忧虑操劳过度,以致承受不了,但还看不到成效,那么最后也就只能照旧松懈怠惰,无所成就了。这样哪里是天下之人当初伸长脖子、踮起脚跟,殷切期望陛下的心愿呢?到了那个时候,您虽想悔改,臣怕陛下将加倍忧劳,还是难望取得成功啊!何况现在干旱、蝗虫的灾害遍及几千里,陛下刚开始即位,政治清明,操行道义,尚无过失,但上天的警戒却这样厉害,令人惊悚,这里必定有缘故。臣实愚昧,私下认为这是天心对陛下仁爱格外深厚,还没有到政治有差错,行为有过失,就已预先显示警戒,用以开导皇上的心意,使隆盛完美的德行自始至终,纯粹完全,无可挑剔。就像商朝中宗、周代宣王一样,因有灾害变异,于是修养德行,使国家由衰落而重新兴盛。这就应该对于上面所陈述的三种方法,常常考虑,尽快谋求实现,来顺应民心,报答天意。以陛下天资聪明杰出,对此一定会有很好的安排。臣所担忧的是,只怕议事的人不去深思为什么要这样做的原因,反认为这样不免要有所改变旧法,重新设施;或许有不合太上皇帝心意的事,陛下不应该去做,以违背亲意。臣私下却认为这种想法是错误的。臣恭敬地想,太上皇帝大公无私,道德高尚得同天地一样,统治国家三十多年,历尽艰辛,任用人才,创建事业,都是根据时机,按照道理,以适应事物的变化,从来不曾拘泥在一种主张上面。对于事情先后终始的不同处理,如春秋冬夏的递变,用不同的季节以培育一年的收成。他所经过的地方,人人得到感化,他的心思,神妙不测,没有丝毫私心留在胸中。他之所以能够超脱地引退,轻快地离开帝位,毫不为难,就是这个缘故。推究他把帝位传给陛下的用意,难道不是因为陛下一定能够发扬光大帝王的学问,继承尧、禹的事业吗?难道不是因为陛下一定能够报复深仇、开拓疆土,给祖宗增添光彩吗?难道不是因为陛下一定能够任用贤良,治理政事,使百姓得到安乐吗?真是这样的话,那么臣所陈述,正是遵循太上皇帝善为子孙谋虑的用心,帮助陛下养成尊亲继志的孝道。论事的人反而要守着某一时期偶然的事例,一一按着去办,以为这就是太上皇帝的本意,这是用分辨事物简单表象的粗浅识见,来谈论天地神奇的变化,怎么会不错呢?况且古代传授帝位的美善,没有比得上尧、舜隆盛的了。而舜继承尧退让的帝位,二十八年之间,他对于政教法令,改变旧制、重新设施的太多了。其中重大的事,如任用十六相,都是尧没有任用的人;除去四凶,都是尧没有除去的人。但是舜不认为这是犯忌,尧不认为这是罪过,天下的人不觉得不对,这些事记载在《虞书》里面,经孔子选录,作为经典,让后世永远效法。何况臣所陈述的,并不是要把太上皇帝的规矩全部变乱更改,也不是重视他所轻视的、轻视他所重视的,全部改变废弃。沿用什么?改革什么?废除什么?增加什么?只看是否合乎道理,这有什么不可行?陛下又有什么疑忌呢?希望早作打算,以造福国家,不要对臣的谋划怀疑了。

至于军事机宜、地理形势,臣没有学过,不敢信口乱说。但私下听到上流带兵的将帅,向来缺乏名望,进退人才,处理不当,这已在试用中反映出来。下游守边的士兵,径自把淮南之地抛弃,以致长江险要和敌人共有。这是自古迄今都认为可忧的事,无论愚人智者,都感到迷惑不解。我虽鄙陋识浅,私下也对此产生疑虑。何况现在已入深秋,天气萧索,敌情变幻莫测,外面传说很多,都说可能再会发生去年的战事。虽然是真是假,尚不清楚,但上面所说的两点,确实和国家的强弱、形势的安危密切相关,事情太紧急,就是一呼一吸、低头抬头这样短促的间隙,也不可拖延。希望陛下一并注意,这是臣最大的愿望。

臣平凡愚笨,没有学问,近年轻率鲁莽,随着众人应试,蒙太上皇帝恩赐,录取在最低一等,沾光得到官禄。后又错听了旁人的话,把我招来朝廷任用,恰巧因身患疾病,留落在外,不能前来。现在我体质更加衰弱,精神更加不济,隐居草野之中,不知道何日才能够报答大恩。如今皇上下诏求言,借这个机会,竭尽所怀,冒死进献此书达于陛下。所言不切实情,过于狂妄,不知忌讳,触犯权贵亲近大臣,琢磨国家大事,罪该万死。望陛下哀怜,宽赦而少择其言。冒犯皇上威严,臣不禁震惊畏惧戒慎惶恐,俯伏等待加罪。臣朱熹冒死再拜。

与陈侍郎书

本文是朱熹在宋孝宗乾道元年（1165），写给吏部侍郎陈俊卿的一封信。陈俊卿（1113—1186），字应求，兴化府（今福建莆田仙游）人，官至宰相。在位期间，排斥权贵，主持公道，对朱熹十分敬重。他死后，朱熹不远千里，前往哭吊，并为他作了一篇详尽的传状。在这封信中，朱熹认为当时国家的大患，主要是出现了与敌讲和、君王独裁和压制舆论这三种说法。他指出讲和导致民心离散，独裁使君王肆意妄为，压制舆论势必酿成大祸。孝宗即位后，以礼改葬岳飞，恢复胡铨官职，任用张浚、吴璘等抗金将领，确实也做了一些事。但在一片颂扬声中，朱熹却清醒地看到当时的祸患所在，尖锐地批判了一班奸佞之徒的谬论，深刻地指出其危害。更加难得的是，他并未将过失全部推给下面，而为君王文过饰非；相反，还进一步指出：这三种说法所以能得逞，根子正在君王心术上已受蒙蔽，于是为奸佞小人所利用。道学家根据《大学》之教，以正心诚意作为治国平天下的根本，朱熹所说的，正是这种理论的发挥。但若没有超人的胆识，在当时是不可能公开发表这种言论的。

昨者伏蒙还赐手书，慰藉甚厚，拜领感激，不知所言。而奉祠冒昧之请①，又蒙台慈引重再三②，卒以得其所欲。所示堂帖③，谨以袛受，仰荷恩眷，尤不敢忘，而不知所以报也。

盖熹赋性朴愚，惟知自守，间一发口，枘凿顿乖④，度终未能有以自振于当世，退守丘园，坐待沟壑而已⑤。今以阁下之力，得窃廪假以供水菽之养⑥，其为私幸，亦已大矣。顾于义分犹有侥冒之嫌，而阁下推挽之初心，犹以为不止于此，此则岂熹所敢闻哉！又蒙垂喻今日之事，慨然有"戛戛乎其难哉"之叹⑦；且承任职以来，屡有建白，去处之义，自处甚明。熹也虽未获与闻其详，然有以见贤人君子立乎人之本朝，未尝一日而忘天下之忧，亦不肯以一日居其位而旷其职盖如此，然犹不鄙迂愚疏贱之人，而语之及此，其意岂徒然哉！熹诚不足以奉承教令，然窃不自胜其慕用之私，是以忘其不佞，而试效一言焉，执事者其亦听之⑧。

熹尝谓天下之事有本有末。正其本者，虽若

与陈侍郎书

迂缓而实易为力；救其末者，虽若切至而实难为功。是以昔之善论事者，必深明夫本末之所在，而先正其本，本正则末之不治非所忧矣。且以今日天下之事论之：上则天心未豫，而饥馑荐臻，下则民力已殚，而赋敛方急，盗贼四起，人心动摇，将一二以究其弊，而求所以为图回之术，则岂可以胜言哉！然语其大患之本，则固有在矣。盖讲和之计决，而三纲颓、万事隳⑨；独断之言进，而主意骄于上；国是之说行⑩，而公论郁于下。此三者，其大患之本也。然为是说者，苟不秉乎人主心术之蔽，则亦无自而入，此熹所以于前日之书，不暇及他，而深以夫格君心之非者有望于明公。盖是三说者不破，则天下之事，无可为之理；而君心不正，则是三说者，又岂有可破之理哉？不审阁下前日之论，其亦尝及是乎？抑又有大于此者，而山野之所弗闻弗知者乎？阁下诚得其本而论之，则天下之事，一举而归之于正，殆无难者，而吾之去就亦易以决矣。熹窃不自胜其愤懑之积，请复得而详言之。

夫沮国家恢复之大计者，讲和之说也；坏边陲备御之常规者，讲和之说也；内咈吾民忠义之心，而外绝故国来苏之望者,讲和之说也;苟逭目前宵旰之忧⑪,而养成异日宴安之毒者,亦讲和之说也。此其为祸,固已不可胜言,而议者言之,固已详矣。若熹之所言,则又有大于此者。盖以祖宗之仇,万世臣子之所必报而不忘者,苟曰力未足以报,则姑为自守之计,而蓄憾积怨以有待焉,犹之可也。今也进不能攻,退不能守,顾为卑辞厚礼以乞怜于仇雠之戎狄;幸而得之,则又君臣相庆,而肆然以令于天下曰:"凡前日之薄物细故,吾既捐之矣。"欣欣焉无复毫分忍痛含冤迫不得已之言,以存天下之防者。呜呼!孰有大于祖宗陵庙之仇者,而忍以薄物细故捐之哉?夫君臣之义,父子之恩,天理民彝之大⑫,有国有家者,所以维系民心、纪纲政事本根之要也。今所以造端建极者如此⑬,所以发号施令者如此,而欲人心固结于我而不离,庶事始终有条而不紊,此亦不待知者而凛然以寒心矣。而为此说者之徒,惧夫公论之沸腾,而上心之或悟也,则又相与作为独断之说,傅会经训,文致奸言,以深中人主之所欲,而阴以自托其私焉。本其为说,虽原于讲和之一言,然其为祸则又不止于讲和之一事而已。是盖将重误吾君,使之傲然自圣,上不畏皇天之谴告,下不畏公论之是非,挟其雷霆之威、万钧之重,以肆于民上,而莫之敢撄者,必此之由也。呜呼,其亦不仁也哉!甚于作俑者矣⑭。仁人君子,其可坐视其然,而恬然不为之一言以正之乎?此则既然矣,而旬日之间,又有造为国是之说以应之者,其欺天罔人,包藏险慝,抑又甚焉。主上既可其奏,而群公亦不闻有以为不然者,熹请有以诘之。夫所谓国是者,岂不谓夫顺天理、合人心,而天下之所同是者耶?诚天下之所同是也,则虽无尺土一民之柄,而天下莫得以为非,况有天下之利势者哉!惟其不合乎天下之所同是,而强欲天下之是之也,故必悬赏以诱之,严刑以督之,然后仅足以劫制士夫不齐之口,而天下之真是非,则有终不可诬者矣。不识今日之所为,若和议之比,果顺乎天理否耶?合乎人心否耶?诚顺天理、合人心,则固天下之所同是也,异论何自而生乎?若犹未也,而欲主其偏见,济其私心,强为之名曰国是,假人主之威,以战天下万口一辞之公论,吾恐古人所谓"德惟一"者⑮,似不如是,而子思所称"具曰予圣,谁知乌之雌雄"者⑯,不幸而近之矣。昔在熙宁之初⑰，王安石之徒尝为此论矣⑱。其后章惇、蔡京之徒又从而绍述之⑲。前后五十余年之间，士大夫出而议于朝，退而语乎家，一言之不合乎此，则指以为邦朋邦诬，而以四凶之罪随之⑳。盖近世主张国是之严，凛乎其不可犯，未有过于近时者，而卒以公论不行，驯致大祸，其遗毒余烈，至今未已。夫岂国是之不定而然哉！惟其所是者，非天下之真是；而守之太过，是以上下相徇，直言不闻，卒以至于危亡而不悟也。传曰："差之毫厘，谬以千里。"况所差非特毫厘哉！呜呼！其可畏也已。奈何其又欲以是重误吾君，使之寻乱亡之辙迹，而躬驾以随之也。呜呼！此三说者，其为今日大患之本明矣。然求所以破其说者，则又不在乎他，特在格君心之非而已。明公不在朝廷则已，一日立乎其位，则天下之责，四面而至。与其颠沛于末流，而未知所济，孰若汲汲焉以勉于大人之事，而成己成物之功，一举而两得之也。

熹杜门求志，不敢复论天下之事久矣。于阁下之言，窃有感焉，不能自已，而复发其狂言如此，不审高明以为如何也？尚书王公㉑，计就职已久。 方群邪竞逐、正论消亡之际,而二公在朝,天下望之,屹然若中流之底柱㉒,有所恃而不恐。 虽然,时难得而易失,事易毁而难成,更愿合谋同力,早悟上心,以图天下之事。 此非独熹之愿,实海内生灵之愿也。

---

① 奉祠:宋代设祠禄之官,有宫观使、提举宫观、提点宫观等职,多以宰相执政兼领。老病废职之官,也得任宫观职,食其禄,称为奉祠。 ② 台慈:古代书信中常用的对人尊称之词。 ③ 堂帖:唐宰相所下判事文书。宋改称札子、堂札子,但也仍延用堂帖的名称。 ④ 枘(ruì)凿:榫头和卯眼。宋玉《九辨》:"圆凿而方枘矣,固知其鉏铻而难入。"说以方榫头插圆孔,难以插入。后略去方、圆二字,而单以枘凿喻两不相合。 ⑤ 沟壑:山沟。《孟子·梁惠王下》:"凶年饥岁,君之民老弱转乎沟壑。"谓死而弃尸山沟。后作为死的委婉说法。 ⑥ 水菽:即菽水,豆和水。指粗茶淡饭,形容生活清苦。后常用以称晚辈对长辈的供奉。 ⑦ "戛戛乎其难哉"句:出自韩愈《答李翊书》。戛戛(jiá):形容困难而费力。 ⑧ 执事:供差使的人。过去在书信中常用作对对方的敬称,表示不敢直指其人。 ⑨ 三纲:见《拜张魏公墓下》注。隳(huī):毁坏。 ⑩ 国是:国家大计,国事。 ⑪ 逭(huàn):逃避。宵旰(gàn):"宵衣旰食"的缩称。天未明就已起身穿衣,傍晚才吃饭,比喻勤于政事,是古代美化帝王的套语。 ⑫ 民彝:彝,常理。指人的正常伦理。 ⑬ 建极:《尚书·洪范》说

治理政事的大道有九条,称九畴,其五为"建用皇极"。皇,大;极,中。言办事应当用大中之道。后世诗文中常用作颂扬帝王立法治国的套语。　⑭ 作俑:俑,古代用来陪葬的木偶人或泥偶人。作俑,即制造陪葬的偶像。　⑮ 德惟一:《尚书·咸有一德》:"非商求于下民,惟民归于一德。德惟一,动罔不吉。"言不是商朝强制百姓服从,而是百姓悦服它的德治。德行如一,那么行动无不吉祥如意。
⑯ "具曰予圣"二句:出自《诗·小雅·正月》。据朱熹《诗集传》,子思对卫侯说:"你们国家的事情,一天比一天不行了。"卫侯问道:"为什么?"子思回答说:"这是有缘故的。你说话以为一定是对的,那些官吏就不敢纠正你的错误;那些官吏说话也自以为一定是对的,老百姓也不敢纠正他们的错误。君臣既然都自以为是,下面的人就一起赞美。赞美会得到好处,纠正会招致祸害,那么正直善良的言行,又从哪里来呢?《诗》中说'具曰予圣,谁知乌之雌雄',或许就像你们君臣吧!"　⑰ 熙宁:宋神宗(赵顼)的年号。　⑱ 王安石(1021—1086):北宋政治家、文学家。字介甫,号半山,抚州临川(今江西抚州)人。神宗熙宁年间,拜宰相,推行新法。著有《临川集》等。
⑲ 章惇(1035—1105):北宋建州浦城(今属福建)人。起先为王安石所任用。哲宗元祐初,高太后听政,被黜。绍圣元年(1094),哲宗亲政,又被起用,恢复新法。蔡京(1047—1126):北宋兴化仙游(今属福建)人,字元长。徽宗即位后,任太师,以恢复新法为名,加重剥削,排除异己,被称为"六贼"之首。　⑳ 四凶:见《壬午应诏封事》注。
㉑ 王公:王刚中(1103—1165),南宋饶州东平(今属江西)人,字时亨,孝宗隆兴二年(1164)任礼部尚书。主张战守,反对和议。
㉒ 中流之砥柱:见《复用前韵敬别机仲》注。

翻译

前些时候,承蒙回信,深得安慰。我感激地接受您这番好意,不知如何表达自己的心情。对于我冒昧提出的奉祠的请求,又蒙阁下再三引荐推重,终于满足了心愿。附来的堂帖,已恭敬地收下,所领受的恩惠眷爱,尤其不敢忘记,只是不知如何才能报答。

我生性单纯愚笨,只知保全节操,偶一开口,便与世俗不合,自忖终究未能在这世上有所作为,唯有隐居田园,坐待老死而已。如今因阁下力量,得到国家的俸禄,得以维持家庭清苦的生活,就我个人来说,已够幸运了;只是在名分上,尚有侥幸贪冒的嫌疑。而阁下推荐提拔的心意,认为还不应止于此,我就更不敢当了。又承蒙告知当前的事情,有异常难办的慨叹。并说自就职以来,曾多次向皇上提出建议,关于如何对待自己的进退,态度非常鲜明。我虽然未能获悉详细情况,但也能从中看到贤人君子身居朝廷之上,没有一天忘掉天下的忧患,不肯一天居其位而旷其职,竟然到了这样的程度。但仍不轻视迂阔愚昧、疏漏浅薄之人,而告诉我这些情况,这又难道是无意的么!我固然不足以接受使命,但抑制不住心中爱慕效劳的愿望,所以忘其无能,贡献一点意见,请您也听一下。

我曾说天下的事情,有的属于根本,有的属于枝节。端正根本的事,虽然好像迂阔缓慢,但实际上容易收效;补救枝节问题的事,虽然好像切实具体,但实际上却难以成功。所以过去善于分析事情的人,必定彻底弄清什么是根本,什么是枝节,而先端正其根本;根本端正了,就不用担心枝节问题得不到解决。姑且拿当今天下的事情来说吧：上天对人治不乐，故连年灾荒；下面百姓财力已经枯竭，而国家赋税却十分急迫；反叛的人到处出现，人心动摇不安。如果一件件追究其弊害，以求挽救的办法，那又怎么能说得完呢？但论其大患根本，那么就在这里：讲和的打算一决定，便三纲毁坏，万事废弃；独裁的说法一提出，皇上的心意就变得傲慢起来；国是的说法一推行，公众的言论就被压制。这三点，便是大患的根本所在。然而提出这种说法的人，如果不利用君王心术上已受蒙蔽，也就没有空子可钻。因此我在上次信中，顾不上谈其他事情，而深深地希望您去纠正君王心中的差错。因为这三种说法不破除，那么天下的事情，就没有能办好的道理；而君王的心术不端正，那么这三种说法，又怎么可能有破除的办法呢？不知阁下前些时候的言论，也曾谈到这些吗？或许还有比这更为重大的事，是山野中的人听不到不知道的吧！如果阁下真能抓住根本问题陈述，那么天下的事情，立即走上正道，大概没有什么困难，至于我的去就，也很容易决定了。我抑制不住内心积压的愤懑，请再详尽地谈些看法。

阻挠国家恢复大计的，是那些讲和的言论；毁坏边境防御常规的，是那些讲和的言论；对内违背百姓忠义之心、对外断绝沦陷地区百姓从苦难中获得新生希望的，是那些讲和的言论；暂且逃避目前治国的忧劳，养成他日溺于安逸的祸害的，也是那些讲和的言论。这种言论所造成的祸害，本来就已说不完，而谈论这事的人，也已讲得很详尽了。至于我所要说的，还有比这更为重大的。因为祖宗的大仇，是臣子世世代代不能忘记，一定要报复的。

与陈侍郎书

如果说力量不足以报复,那么暂且作自卫的打算,而深藏遗憾怨恨以等待时机,还是可以的。如今进不能攻,退不能守,反以谦卑的言词、丰厚的礼物,来乞求仇敌蛮族的怜悯。碰巧达到目的,君臣之间又互相庆贺,无所顾忌地向天下宣告:"凡是以前的琐屑小事,我都已抛弃了。"洋洋得意,没有丝毫忍着悲痛、含着冤愤、出于不得已的表白,而存防守国家的用心。唉!哪有比祖宗坟墓、宗庙之地被敌人蹂躏的仇雠更大,而竟忍心当作琐屑小事抛弃的呢?须知君臣的名分,父子的恩情,天理人伦的重大,这是统治国家的人用来保持民心、治理政事的根本要道。现在用以立法治国的开端是这个样子,用以发布命令号召民众的也是这个样子,想要人心团结在我周围而不离散,众多事务处理得有条有理而不紊乱,就是普通人都知道这是必不可得因而恐惧气馁的。但提出这种说法的家伙,由于害怕公众舆论的激烈反对及皇上或许会醒悟过来,于是又一起提出独裁的说法,附会经籍上的训辞,文饰他们奸诈的言论,来迎合君王的爱好,暗中谋取私利。追究这种说法的根源,虽出于"讲和"这句话,但所引起的祸害,又不仅止于讲和这一件事。这将严重地误导皇上,使他傲慢地自以为是,上不怕天帝的谴责告诫,下不怕公众舆论的批评,倚仗自身拥有的巨大威望和力量,高踞百姓之上,肆意妄为,而无人敢来触犯。这种情况,必然会由此产生。唉!这也真太狠心了,比之始用偶像殉葬的人,还要可恶,仁人君子怎能漠然视之,无动于衷,不发一言以纠正它呢?这已是既成事实了,而在短时间内,又有人编造了国是的说法,和前两种说法呼应,欺天骗人,阴险邪恶,更加厉害。

皇上已批准了他们的奏请,而在朝百官,也没有听到有谁出来加以反对,但我却要提出责问:所谓"国是",难道不是说顺应天理、合乎人心,天下一致的主张吗？如果真是天下一致的主张,那么即使毫无凭借,谁也不能说它不是,何况掌握国家大权的人呢！正因为它不是天下一致的主张,而要强迫人们赞同,因此必定要悬赏引诱,严刑督责,但仅仅只能做到控制士大夫的不同言论,而天下的真是真非,终究不能歪曲颠倒。不知如今的所作所为,像和议之类,果真顺应天理吗？合乎人心吗？如果真的顺应天理、合乎人心,那么当然是全国一致的主张了,不同的议论,又从何产生呢？如果不是这样,而想坚持他们片面的主张,达到他们谋取私利的目的,标上"国是"的名号,利用皇上的威力,和天下一致的公论斗争,我怕古人所说的"德唯一",并非如此,而子思所引"都说自己聪明杰出,就像一群乌鸦在一起,谁知是雌是雄",却不幸与此相近了。从前在熙宁初年,王安石一伙人也曾提出过这种说法。后来,章惇、蔡京一伙人又继承了这种说法。前后五十多年,士大夫在朝廷上议论,或在家中讲话,如果有一句话与此不合,就被指责为结党诽谤,随即加以重罪。大概近代主张国是说法的严厉、使人恐惧、不敢触犯,没有再超过这时的了。但最终因公众舆论得不到伸张,逐渐酿成大祸,遗留下来的毒焰,至今仍未熄灭。这哪里是对国是的认识不统一的缘故呢？只是因他们所说的大计,不是天下一致公认的真计；却又固执不变,由此上上下下,曲意顺从,正直的言论听不到,最后危亡临头,始终不曾觉悟罢了。古书上说:"发端时相差虽然微小,但最后造成的错误却可能极

与陈侍郎书

大。"何况现在还不是微小的差错呢！唉,真可怕啊！怎么他们又要严重地误害皇上,使他沿着乱亡的道路走下去呢？唉！这三种说法,是当今大患的根本所在,这已是十分明显的了。但要破除这些说法,也不必采用别的办法,只在纠正皇上心中的差错就可以了。您不在朝廷则罢,只要一天在位,天下的责望就会从四面涌来。与其到后来困顿窘迫,不知怎样补救,不如现在尽快勉力将伟人的重任担当起来,保全自己的名节,振兴国家大业,就可一举而两得了。

  我在家闭门修养,已很久不敢再谈论天下大事了。如今因阁下的来信,心中有所感触,无法抑制,又发了这些狂言,不知高见以为如何？尚书王公,就职已很久了,现在正是邪恶之徒奔竞争逐、正直言论销声匿迹的时候,您们两位在朝廷之上,被天下之人看作中流砥柱,感到有所依靠而不恐惧。既是这样,时机难以得到而容易失去,事情容易毁坏而难以成功,因此更希望您们同心合力,使皇上早日觉悟,谋划天下大事。这不仅是我一人的愿望,实在也是海内百姓一致的愿望啊！

送郭拱辰序

这篇文章作于宋孝宗淳熙元年(1174),当时朱熹正主管台州崇道观。郭拱辰,字叔瞻,三山(今福建福州)人。就内容而言,本文十分简单,只是称赞郭拱辰的绘画才能而已。文章之妙,在于后半部分,文思飘逸,意象深远,风神萧散,别有怀抱。

世之传神写照者,能稍得其形似,已得称为良工。今郭君拱辰叔瞻,乃能并与其精神意趣而尽得之,斯亦奇矣。

予顷见友人林择之、游诚之称其为人①,而招之不至。今岁惠然来自昭武②,里中士夫数人,欲观其能。或一写而肖,或稍稍损益,卒无不似,而风神气韵,妙得其天致。有可笑者:为予作大小二像,宛然麋鹿之姿、林野之性,持以示人,计虽相闻而不相识者,亦有以知其为予也。

然予方将东游雁荡③,窥龙湫④,登玉霄以望蓬莱⑤;西历麻源⑥,经玉笥⑦,据祝融之绝顶⑧,以临洞庭风涛之壮⑨;北出九江⑩,上庐阜⑪,入虎溪⑫,访陶翁之遗迹⑬,然后归而思自休焉。彼当有隐君子者,世人所不得见,而予幸将见之。欲图其形以归,而郭君以岁晚思亲,不能久从予游矣,予于是有遗恨焉。因其告行,书以为赠。

淳熙元年九月庚子晦翁书。

---

① 林择之:见《别韵赋一篇》文前说明。游诚之:游九言,字诚之,张栻学生。　② 昭武:县名,三国吴置,今福建邵武。　③ 雁荡:雁荡山。在浙江省东南乐清。以山水奇秀闻名,号称东南第一山。　④ 龙湫:在雁荡山马鞍岭西八里,是我国著名的大瀑布。水从高约五六十丈的连云嶂凌空而下,十分壮观,与灵峰、灵岩合称为雁荡风景三绝。　⑤ 玉霄:玉霄峰在浙江天台西北,重崖叠嶂,松竹葱倩,世称"小桐柏"。蓬莱:与方丈、瀛洲,被古代方士传说为位于渤海之中仙人居住的三座神山。　⑥ 麻源:在江西南城县西,循溪而入,多茂林修竹。　⑦ 玉笥:玉笥山在湖南湘阴东北,一名石帆山。⑧ 祝融:见《醉下祝融峰作》文前说明。　⑨ 洞庭:洞庭湖,在湖南省北部,北连长江,南接湘、资、沅、澧四水,是我国第二大淡水湖。据《湘妃庙纪略》,"洞庭"即神仙洞府之意。　⑩ 九江:地名,在今江西九江。　⑪ 庐阜:庐山,又名匡山,在今江西九江南。飞峙长江边,紧傍鄱阳湖。山上多险绝胜景,为避暑胜地。　⑫ 虎溪:据《莲社高贤传》,慧远法师居庐山东林寺,四周泉水围绕,流入溪中,每次送客经过溪上,便听到虎啸,因此名为虎溪。　⑬ 陶翁:陶渊明。见

《奉同尤延之提举庐山杂咏》文前说明。

翻译

　　人世间用画来表现神态、描摹形状的人，只要能在形状上略微有些相似，就已被人称为优秀的画手了。如今郭君拱辰叔瞻，却能连同人的精神、情趣一起表现出来，这也真够奇特的。

　　我近来见到友人林择之、游诚之很赞扬郭拱辰的为人，便邀他相见，但他没有来。今年郭君从昭武来到这里，本地几个读书人想见识一下他的才能，请他画像。有的一画就十分相像，有的稍微作些改动，结果没有不像的。而对于人的风度神采，还能奇妙地画出天然的情趣。令人发笑的是：他替我画了大小两幅像，仿佛有麋鹿一般姿态、山林野外人的习性。如果拿给别人看，估计那些虽然听说过一些我的情况但并不认识我的人，也能知道上面画的就是我。

　　但我正要东去雁荡山游览，观看龙湫飞瀑，攀登玉霄山，眺望蓬莱幻境；西经麻源、玉笥山，站在祝融峰顶，临赏洞庭湖雄壮的波涛；北过九江，登上庐山，进入虎溪，寻访陶渊明的遗迹，然后回去考虑退隐了。那些地方一定有隐士，一般人见不到，而我将有幸同他们见面。准备给他们画张像带回来，但郭君因为临近年终，思念双亲，不能长久和我在一起，为此我感到十分遗憾。当他前来告辞时，便写了这篇文章送别。

　　淳熙元年九月庚子晦翁书。

百丈山记

这篇文章作于宋孝宗淳熙二年(1175)。百丈山在今福建建阳东北。文中对山中胜景,如清澈的涧水,不绝的山风,峻激的水石,奔流的瀑布,秀美的山峦,绚丽的晚霞,起伏的云海,一一作了生动、细致的描绘。全文结构紧凑完整,文字简洁流丽。朱熹集中流连光景的文章极少,但就包括本文在内的少数几篇游记来看,都能充分显示出他驾驭语言、写景状物的本领。

登百丈山三里许,右俯绝壑,左控垂崖;叠石为磴十余级乃得度。山之胜盖自此始。

循磴而东,即得小涧,石梁跨于其上。皆苍藤古木,虽盛夏亭午无暑气;水皆清澈,自高淙下,其声溅溅然。度石梁,循两崖,曲折而上,得山门,小屋三间,不能容十许人。然前瞰涧水[①],后临石池,风来两峡间,终日不绝。门内跨池又为石梁。度而北,蹑石梯数级入庵。庵才老屋数间,卑庳迫隘[②],无足观,独其西阁为胜。水自西谷中循石罅奔射出阁下[③],南与东谷水并注池中。

自池而出，乃为前所谓小涧者。阁据其上流，当水石峻激相搏处，最为可玩。乃壁其后，无所睹。独夜卧其上，则枕席之下，终夕潺潺④，久而益悲，为可爱耳。

出山门而东，十许步，得石台。下临峭岸，深昧险绝。于林薄间东南望，见瀑布自前岩穴瀵涌而出⑤，投空而下数十尺。其沫乃如散珠喷雾，日光烛之，璀璨夺目，不可正视。台当山西南缺，前揖芦山，一峰独秀出；而数百里间峰峦高下，亦皆历历在眼。日薄西山，余光横照，紫翠重叠，不可殚数。旦起下视，白云满川，如海波起伏；而远近诸山出其中者，皆若飞浮来往，或涌或没，顷刻万变。台东径断，乡人凿石容磴以度，而作神祠于其东，水旱祷焉。畏险者或不敢度。然山之可观者，至是则亦穷矣。

余与刘充父、平父、吕叔敬、表弟徐周宾游之⑥，既皆赋诗以纪其胜，余又叙次其详如此。而最其可观者：石磴、小涧、山门、石台、西阁、瀑布也。因各别为小诗以识其处⑦，呈同游诸君，又以告夫欲往而未能者。年月日记⑧。

① 瞰(kàn)：俯视。　②卑庳(bēi)：低矮。　③罅(xià)：缝穴。　④潺潺(chán)：水声。　⑤濆(fèn)：水源自地下喷涌而出，四面洒散。　⑥平父：刘玶，字平父，刘子羽幼子，刘子翚嗣子。吕叔敬，吕祖谦弟。　⑦"因各别为小诗"句：见《朱子大全》卷六《百丈山六咏》（包括《石磴》《小涧》《山门》《石台》《西阁》《瀑布》等六首五绝）。　⑧年月日：作者省略了具体日期。

翻译

　　登上百丈山大约三里路，从右边向下看，是又深又险的山谷，左边则面临陡峭的山崖；用石块铺成十多级台阶，才能通过。山上的胜景，大概就从这里开始了。

　　沿着石阶向东，就遇到一条小涧，上面架有石桥。周围都是苍翠的藤条、古老的树木，即使在盛夏正午，也不觉炎热。水都十分清澈，从高处流下，发出溅溅的声响。过了石桥，沿着两边的悬崖，曲曲折折地向上走，到佛寺大门，有三间小屋，连十多个人都容纳不下。从屋前向下看是涧水，屋后临近山石所成的池塘，风从两座峡谷间吹来，整天不断。门内池塘上面，又架着一座石桥。过了石桥向北，踏上几级石梯就进入庵堂。庵堂只有几间旧屋，低矮狭小，没什么可看的，只有西边的小楼较好一些。水从西边山谷中，沿着岩石的隙缝，在小楼下面奔射而出，向南和东边山谷的水一齐注入池塘。从池塘流出的水，就是上面所说的小涧。小楼位于涧水上流,石峻水激,互不相让,势如搏斗,最值得玩赏。在它的后面,却筑了墙壁,看不到什么。只是在夜晚睡在楼上,那么整夜听到床下流水声潺潺不断,愈听愈觉凄凉,才让人觉得可爱。

从佛寺大门出来,向东走十多步,有一座石台。下面正对着陡坡,幽深险峻。在密林中向东南望去,只见瀑布从前面岩石的洞穴中喷涌而出,临空直下,高达几十尺。它的水沫就像飞散的珍珠、喷射的雾气,在阳光照耀之下,光辉灿烂,正面看去连眼睛都睁不开。石台正当山西南面的缺口,前面对着芦山,一座秀丽的山峰,独自耸出;而方圆几百里内高高低低的峰峦,也都在眼底历历可见。夕阳逼近西山,余辉横照,紫色和绿色交织在一起,数都数不清。清晨起来向下看,白云布满平野,如同海上起伏不平的波浪;而远远近近在云中露出的群山,都好像在飞翔浮动,来来往往,有时涌现,有时沉没,顷刻之间,变幻无穷。石台的东面,无路可走,乡间的人在石壁上凿出石阶,让人通过,并在东面建了一个祭神的祠堂,在遇到水灾或旱灾时进行祈祷。有些害怕危险的人不敢过去。但这座山值得观赏的地方,也到此为止了。

我和刘充父、平父、吕叔敬、表弟徐周宾到这里游览。大家都已作诗记述它的胜景,我又一一记叙这座山的详细情况如上。它最值得游览的地方是:石阶、小涧、庙门、石台、西楼、瀑布。于是我又另外各作一首小诗,以记述这些地方,献给一起游览的人,并以此告诉那些想去游览而未能如愿的人。

某年某月某日记。

百丈山记

与龚参政书

淳熙三年(1176),宋孝宗发布了奖励进用廉洁谦让之士的命令,于是参知政事龚茂良(字实之,兴化军人)上书,言朱熹为人正直,应该录用。为此,朱熹写了这封信,竭力推辞。朱熹久治经世之学,素怀报国之心,决非信中所说的那样没有出仕用世的念头。但他看到当时朝廷之上权贵跋扈,奸佞朋比,实难有所作为;又不愿厚颜无耻,随波逐流,以谋私利。故这封信与其说是推辞官职,不如说是在批判官场,实有激而为,显示出作者洁身自爱的操守。文章篇幅虽短,但文字快利,笔力劲峭,意态奇倔,里面蕴藏着多少牢骚,多少不平!

熹衰陋亡庸,误蒙引拔,自知不称,尝力恳辞,未奉俞音①,只增震惧。今再有状,欲望哀怜,早赐敷奏施行,则熹之幸也。抑又有以闻于下执事者②:

熹自幼愚昧,本无宦情。既长,稍知为学,因得侧闻先生君子之教,于是幡然始复误有济时及物之心。然亦竟以气质偏滞,狂简妄发,不能俯仰取容于世，以故所向落落，无所谐偶；加以忧患，心志凋零，久已无复当世之念矣。而明公乃欲引而致之搢绅之列，不识明公将何所使之也。使之随群而入、逐队而趋耶？则盛明之旦，多士盈庭，所少者非熹等辈也；使之强颜苟禄以肥妻子耶？则熹于饥寒，习安已久，所病者又不在此也。且必无已，而使之得以其所闻于古而验于今者，效其愚于百执事之后，则熹之所怀，将不敢隐于有道之朝。窃料非独一时权幸所不乐闻，意者明公亦未必不以为狂而斥之也。由前二者，明公之计，决不出此；由后之说，则惧熹之杀身无补，而反得罪于明公也。意迫情切，言不及究，伏纸陨越[3]！

---

[1] 俞音：《尚书》中《尧典》《舜典》多用"都""俞""吁""咈"字。"都""俞"表示许可，"吁""咈"表示不许可。称帝王允许臣下的请求为"俞允"。后来一般书信中也用作对方允许的敬语。　[2] 执事：见《与陈侍郎书》注。　[3] 陨（yǔn）越：从高处跌下来。这里引申为惊恐失措的意思。

翻译

　　我年衰识浅,已无用处,承蒙推荐提拔,自知难以称职,曾竭力请辞,未能得到您的许可,只是增加了我的恐惧与不安。如今再次提出辞呈,希望您给予同情,尽快奏请皇上批准,那就是我的造化了。但还有一些想法,需要告诉执事:

　　我自幼愚昧,本不想做官。长大后略知学习,从旁听到先辈君子的教导,于是翻然改变,竟开始有了救世惠民的心愿。但终究因生性孤僻固执,狂放简慢,信口妄言,不能随波逐流,迎合世俗,所以无论到哪里,都与人落落难合。加上身遭患难,意志衰颓,已经很久没有出仕用世的念头了。而您却要引导我进入士大夫行列之中,不知将叫我干些什么?叫我跟在众人后面,入朝趋走吗?那么今日朝廷之上,人才济济,并不缺少我这样的人。叫我厚着脸皮,坐享俸禄,以富家室吗?那么我对于贫困的生活早已习惯,所忧虑的并不在此。如果不止这些,而是要我将得自古人而对今天仍有用处的学问在百官后面贡献出来,那么,我的想法将不敢在这清明的朝廷有所隐瞒。私下料想,这样做不但会使权贵宠臣一时听了不快,或许您也会认为太狂妄而斥退我吧。从前两点看,您是决不作这种打算的;从后一点看,那么恐怕我虽遭杀身之祸,也无补于时,反而要连累您了。情意迫切,无法把话讲清,写信之时,惶恐万分。

诗集传序

　　自唐以来,研究《诗经》的学者,都谨守《小序》之说,不敢有所发明。到了宋代,由于欧阳修、苏辙、郑樵等人对《小序》的怀疑和攻击,开拓了《诗经》研究的新方向。朱熹继承了欧、郑等人的看法,而且无论在批判的深度和广度上,都大大超过了前人。他断言《小序》出于汉儒,凿空妄语,以诳后人,其间谬误,不可胜言,破除了《诗》三百都合礼义、都合美刺的说法。指出《国风》中不少是民间歌谣,"郑声"即是《郑风》,并能在一定程度上从纯文学的角度进行研究,彻底结束了《小序》独尊的局面,在《诗经》研究的领域开拓了一种新的风气。朱熹的《诗集传》,集中体现了他的精神、观点和方法,无疑是《诗经》研究史上重要的里程碑。这篇序文,根据心性义理之学,结合历史事实,强调诗的教化作用,冶文学、史学、经学、理学于一炉,对以后封建文人治《诗》,起着巨大的指导作用。故后人一直将它放在《诗集传》的前面,作为《诗经》研究的大纲。

　　或有问于余曰:"诗何谓而作也?"

　　余应之曰:"人生而静,天之性也;感于物而动,性之欲也①。 夫既有欲矣,则不能无思;既有思矣,则不能无言;既有言矣,则言之所不能尽而发于咨嗟咏叹之余者,必有自然之音响节奏,而不能已焉。 此诗之所以作也。"

曰:"然则其所以教者,何也?"

曰:"诗者,人心之感物而形于言之余也。心之所感有邪正,故言之所形有是非。 惟圣人在上,则其所感者无不正,而其言皆足以为教。 其或感之之杂,而所发不能无可择者,则上之人必思所以自反,而因有以劝惩之,是亦所以为教也。昔周盛时,上自郊庙朝廷②,而下达于乡党闾巷③,其言粹然无不出于正者。 圣人固已协之声律④,而用之乡人,用之邦国,以化天下。 至于列国之诗,则天子巡守,亦必陈而观之,以行黜陟之典⑤。 降自昭、穆而后⑥,寖以陵夷,至于东迁⑦,而遂废不讲矣。 孔子生于其时,既不得位,无以行帝王劝惩黜陟之政,于是特举其籍而讨论之,去其重复,正其纷乱;而其善之不足以为法、恶之不足以为戒者,则亦刊而去之,以从简约,示久远;使夫学者即是而有以考其得失,善者师之,而恶者改焉。 是以其政虽不足行于一时,而其教实被于万世，是则诗之所以为教者然也。"

曰："然则《国风》《雅》《颂》之体⑧，其不同若是，何也？"

曰："吾闻之，凡诗之所谓风者，多出于里巷歌谣之作，所谓男女相与咏歌，各言其情者也。惟《周南》《召南》⑨，亲被文王之化以成德⑩，而人皆有以得其性情之正，故其发于言者，乐而不过于淫，哀而不及于伤，是以二篇独为风诗之正经⑪。自《邶》而下⑫，则其国之治乱不同，人之贤否亦异，其所感而发者，有邪正是非之不齐，而所谓先王之风者，于此焉变矣。若夫《雅》《颂》之篇，则皆成周之世，朝廷郊庙乐歌之词，其语和而庄，其义宽而密，其作者往往圣人之徒，固所以为万世法程而不可易者也。至于雅之变者⑬，亦皆一时贤人君子闵时病俗之所为，而圣人取之；其忠厚恻怛之心，陈善闭邪之意，犹非后世能言之士所能及之。此《诗》之为经，所以人事浃于下⑭，天道备于上，而无一理之不具也。"

曰："然则其学之也，当奈何？"

曰："本之二《南》以求其端⑮，参之列国以尽其变，正之于《雅》以大其规，和之于《颂》以要其止,此学《诗》之大旨也。于是乎章句以纲之⑯,训诂以纪之⑰,讽咏以昌之,涵濡以体之;察之情性隐微之间,审之言行枢机之始⑱,则修身及家,平均天下之道⑲,其亦不待他求而得之于此矣。"

问者唯唯而退。余时方辑《诗传》,因悉次是语以冠其篇云。

淳熙四年丁酉冬十月戊子新安朱熹书。

---

①"人生而静"四句:出自《礼记·乐记》。 ②郊庙:郊祀、庙祭。郊祀,祭天地;庙祭,在宗庙祭祀祖先。 ③乡党:乡里。据《周礼》,古代二十五家为闾,四闾为族,五族为党,五党为州,五州为乡。 ④声律:五声六律。五声,宫、商、角、徵、羽五个音节。律,定音器。相传黄帝时伶伦截竹为管,以管的长短,分别声音的高低、清浊,乐器的音调,都以它为准则。乐律有十二,阴阳各六,阳为律,阴为吕。六律即黄钟、太蔟、姑洗、蕤宾、夷则、无射。 ⑤黜陟:见《壬午应诏封事》注。 ⑥昭、穆:周昭王,周穆王。昭王,康王之子,名瑕。穆王,昭王之子,名满。在位时西击犬戎,东攻徐戎,后世传说他曾周游天下。 ⑦东迁:周武王定都镐京(今陕西西安),至周幽王,残暴无道,最后被犬戎杀死于骊山之下,西周灭亡。周平王即位后,东迁洛邑(今河南洛阳),史称东周。 ⑧《国风》《雅》《颂》:《诗经》的组成部分。《国风》又称十五国风,共一百六十篇,其中大多是民间歌

谣。《雅》包括《小雅》《大雅》两部分。《小雅》共七十四篇,其中有不少反映当时社会面貌的政治诗。《大雅》共三十一篇,其中主要是对周王朝的歌功颂德诗。《颂》共四十篇,多为祭祀所用的乐歌。　⑨《周南》《召南》:《诗·国风》中的两部分。汉人以为"周南""召南"系指地域,朱熹认为"周"是周公旦的封地,"召"是召公奭的封地,"南"是国名;宋代还有人认为"南"是诗的一体;现代有的看法是"南"为一种曲调。　⑩文王:见《壬午应诏封事》注。　⑪正经:根据《诗大序》的说法,在周兴盛时期的作品,称"正风""正雅",而在周政衰落时期的作品,则称作"变风""变雅"。唐陆德明《经典释文》认为十五国风中,唯《周南》《召南》为正风,自《邶风》以下十三国风,均为变风。朱熹继承了这种说法。　⑫《邶》(bèi):《邶风》,《诗·国风》中的一部分。邶,西周分封的诸侯国名。故地在今河南汤阴东南。　⑬雅之变者:唐陆德明《经典释文》认为《小雅》中《六月》至《何草不黄》五十八篇为变小雅,《大雅》中自《民劳》至《召旻》十三篇为变大雅。　⑭浃(jiá):浃洽,遍及。　⑮二《南》:即《周南》《召南》。　⑯章句:分析古书的章节句读。　⑰训诂:解释古书中词句的意义。　⑱言行枢机:《周易·系辞上》:"言出乎身,加乎民。行发乎迩,见乎远。言行,君子之枢机,枢机之发,荣辱之主。"枢,户枢,即门轴。机,弩机,主发射。这几句是说言论从自己口中出,施加于民众之上。行为动作在近处,远处也可见。言行就像户枢和弩机一样。户枢一动则门开,弩机一动则矢发。户枢开动或出或不出,弩机发动或射中或不中,关系着一身的荣辱。　⑲"修身及家"二句:《大学》中提出格物、致知、诚意、正心、修身、齐家、治国、平天下八个条目,作为统治天下的准则。

翻译

有人问我:"诗是怎么产生的?"

我答道:"人生下来本是宁静的,这是天赋的本性;为外物所感而动,则是出自本性的欲望。既然有了欲望,就不能没有想法;既然有了想法,就不能不用言语来表达;既然有了言语,那么言语不能完全表达时,便发出叹息歌唱,随后一定有自然的声音节奏,欲罢不能。这就是诗歌产生的原因。"

问:"那么诗用什么来进行教化呢?"

答:"诗是人心感于外物,弥补言语表达的不足而产生的。人心的感触有邪有正,因此用言语表达出来,也有是有非。只有圣人居于上位,感触无不纯正,他们的言语也就都有教化的作用。如果感触比较杂乱,所表达的言语不是无可选择,那么身在朝廷之上的人,一定会反躬自问,有所劝勉,有所惩诫,这也就产生了教化作用。过去周代兴盛的时候,上自国家祭典、朝廷政治,下至平民百姓,人们的言语无不纯粹无疵,出于正道。圣人早已配上音乐,用于民间礼俗,用于国家典礼,以教化天下。至于诸侯各国的歌谣,在帝王外出视察时,也一定要各国献上,借以观察民风,以施行进退赏罚的常法。自昭王、穆王以后,逐渐衰落;到了平王东迁,这事就被废弃不讲了。孔子生在这个时代,既然得不到帝王的位置,无法实施劝勉惩诫、进退赏罚的政事,只好将收录着诗歌的书籍拿出来进行探讨研究,除去重复,订正纷乱;对于那些虽好但不足取法、虽恶但不足为戒的作品,也加以删削,做到简明扼要,以传示久远;使学《诗》的人根据这个本子,能够考察事情的得失利弊,学习好的,改正坏的。所以孔子的政治主张虽然一时无法实现,但他的学说实已影响了千秋万代,这就是诗的教化作用。"

问:"那么《国风》《雅》《颂》的体裁,为什么这样不同呢?"

答:"我听说,凡《诗》中称作《风》的,大多是出自民间的歌谣,即所谓男女之间的对唱,是各人表达自己感情的作品。只有《周南》《召南》中的诗篇,由于这两地的人亲身受到文王的教化,养成了良好的社会道德,都怀有纯正的性情,因此通过言语表现出来,欢乐而不流于沉湎,悲哀而不至于伤身,所以唯独这两篇成为《国风》中的正经。自《邶风》以下各篇,则因为各国的治乱不同,人是否贤良也不一样,人们感于外物而表现出来也就有邪正是非的差别,所谓先王之风,在此发生了变化。至于《雅》《颂》这类诗篇,都是成王、周公当政时朝廷祭祀所用的音乐歌辞,言词温和庄重,含义广博缜密;它们的作者常常是圣贤中人,当然可以作为万代不变的准则。至于'变雅',也都是某一时期贤人君子忧时伤俗的作品,而被圣人所采用;他们忠厚仁善的内心,扬善防邪的用意,就是后世擅长言辞的人也不能企及。这就是《诗》作为一部经典所以能够遍及人事、具备天道、无理不包的原因。"

问:"那么对《诗经》应当怎样学习呢?"

答:"依据《二南》来探求它的开端,参照《国风》以穷尽它的变化,以《雅》的纯正来宏大它的规模,以《颂》的和谐来求其终止,这是学习《诗经》的要点。然后分章断句,以总括要旨;解释文字,以缕析其义;背诵吟咏,以昌明其旨;沉浸其中,以加深体味。观察诗人性情的深处细处，了解他们言行的动机，那么修身、齐家、治国、平天下的道理，也就不用到其他地方求取，在这里便可得到了。"

问者点头称是，退了下去。这时我正在编辑《诗集传》，于是把这些对话全都依次记下，放在篇首作为书的序言。

淳熙四年丁酉冬十月戊子，新安朱熹撰。

江陵府曲江楼记

这篇文章作于宋孝宗淳熙六年（1179）。在此之前，由于宋高宗专任秦桧，力主和议，错杀岳飞，黜退功臣，致使收复中原之举，毁于一旦，听任胡骑奔突，践踏神州。这和唐玄宗晚年罢免张九龄，宠信李林甫、杨国忠，祸生肘腋，引起"安史之乱"，情状有相近之处。故朱熹借张栻修建江陵曲江楼一事，小题大作，从曲江楼联想起张九龄，又以张九龄的遭遇，影射当时政事，慨叹贤人志士难以见容于世，抚今追昔，忧深思远。文章写得风神潇洒，感慨淋漓，得欧阳修文章的神理。

广汉张侯敬夫守荆州之明年①，岁丰人和，幕府无事。顾常病其学门之外，即阻高墉，无以宣畅郁湮，导迎清旷。乃直其南凿门通道，以临白河②，而取旁近废门旧额以榜之，且为楼观以表其上。敬夫一日与客往而登焉，则大江重湖，萦纡渺弥，一日千里；而西陵诸山③，空濛晻霭④，又皆隐见出没于云空烟水之外。敬夫于是顾而叹曰："此亦曲江公所谓江陵郡城南楼者邪⑤？昔公去相

而守于此,其平居暇日,登临赋咏,盖皆翛然有出尘之想⑥。 至其伤时感事,寤叹隐忧,则其心未尝一日不在于朝廷,而汲汲然惟恐其道之终不行也。於戏⑦,悲夫!"乃书其扁曰"曲江之楼",而以书来属予记之⑧。

时予方守南康⑨,疾病侵陵,求去不获。 读敬夫之书,而知兹楼之胜,思得一与敬夫相从游于其上,瞻眺江山,览观形制,按楚汉以来成败兴亡之效,而考其所以然者;然后举酒相属,以咏张公之诗,而想见其人于千载之上,庶有以慰夙心者。顾乃千里相望,邈不可得,则又未尝不矫首西悲而喟然发叹也。 抑尝思之:张公远矣,其一时之事,虽唐之治乱所以分者⑩,顾亦何预于后之人? 而读其书者,未尝不为之掩卷太息也。 是则是非邪正之实,乃天理之固然,而人心之不可已者。是以虽旷百世而相感,使人忧悲愉佚勃然于胸中⑪,恍若亲见其人而真闻其语者,是岂有古今彼此之间,而亦孰使之然哉?《诗》曰:"天生烝民,有物有则。 民之秉彝,好是懿德⑫。"登此楼者,于此亦可以反诸身而自得之矣。

予于此楼,既未得往寓目焉,无以写其山川风景、朝暮四时之变，如范公之书岳阳也⑬，独次第敬夫本语，而附以予之所感者如此。后有君子，得以览观焉。

淳熙己亥十有一月己巳日南至。

①广汉：郡名。汉置。治所在今四川广汉市。张侯敬夫：张栻(1133—1180)，南宋理学家。字敬夫，号南轩。抗金名臣张浚之子。与朱熹、吕祖谦齐名，时称"东南三贤"。侯，封建士大夫之间的尊称。荆州：汉置。东晋时定治今湖北江陵。唐时升为江陵府。 ②白河：水名。源出河南伏牛山，于今湖北襄樊注入汉水。 ③西陵：西陵峡。又名巴峡。长江三峡之一。 ④晻(yǎn)：日无光。 ⑤曲江公：张九龄(678—740)，字子寿，韶州曲江人。唐玄宗开元年间任宰相。后为李林甫所谮，贬为荆州长史。曾作《登郡城南楼诗》。 ⑥脩(xiāo)然：自然超脱的样子。 ⑦於戏：同呜呼。 ⑧属(zhǔ)：同嘱。 ⑨南康：军名。宋置。辖境相当于今江西星子、永修等县。 ⑩"虽唐之治乱"句：张九龄生前，恰逢开元、天宝盛世。死后不久，安禄山、史思明发动叛乱，唐朝统治由盛而衰，出现藩镇割据的局面。 ⑪佚：可能是"佚"的误字。 ⑫"天生烝民"四句：出自《诗·大雅·烝民》。烝，众。秉，执。彝，常。 ⑬范公：范仲淹(989—1052)，北宋政治家。字希文，苏州吴县人。所作《岳阳楼记》，千古传诵。

江陵府曲江楼记

翻译

广汉人张侯敬夫任江陵知府的第二年，五谷丰登，百姓安乐，衙门清闲。只是常常为学校门外挡着高墙，不能排除滞塞之物、迎纳清旷之气，而感到不快。于是在它的南面，开门筑路，直达白河，取近旁已废弃门上原有的牌匾，悬挂在新门之上，并在上面加筑一座楼台。一天敬夫和客人前往登览，只见浩瀚的江水、相连的湖泊，纡回曲折，旷远深满，江水奔流，一日千里。西陵峡的群山，烟岚迷濛，云气昏晦，在苍茫的水天之外，隐约显现。敬夫于是环顾四周，慨叹道："这不就是曲江公所说的江陵郡城南楼吗？过去张公离开宰相之位，被贬官到这里，在平时闲暇的日子里，登高吟诗，总是飘然有超脱尘世的念头。至于他感伤时事，往往长夜不眠，喟然兴叹，深深忧虑，可见他的心未曾一天不在朝廷，焦急迫切，惟恐他的主张最终不能实现。唉，真可悲啊！"于是在匾上题写"曲江之楼"四字，并来信嘱咐我记载此事。

当时我正知南康军，因疾病折磨，想辞去官职，又不获批准。看了敬夫来信，得知此楼的佳处，真想和敬夫一起在上面游览，眺望江山，观看地形，按照楚汉相争以来成败兴亡的陈迹，考察它们所以如此的原因；然后相互劝酒，咏吟张公的诗篇，越过悠远的年代，遥想他的风采，这样才能满足平素的心愿。可是现在远隔千里，只能遥遥相望，这番心愿，终不能实现。唯有抬起头，对着西方，悲伤地叹息。我又曾想：张公距今已很久了，他一时的遭遇，虽然关系到唐代治乱的转折，但和后人又有什么关系？而读他书的人，无不有感于他的境遇，合上书本，深深地叹息。这是因为辨别是非邪正,天理本应如此,故人们不能无动于衷;虽历时久远,依然能引起感触,使人忧愁欢乐之情在胸中兴起,仿佛亲眼看到他的面容,真的听到他的言语。这哪有古今彼此的间隔,而又有谁使它这样的呢?《诗经》中说:"天生百姓,万物都有一定的法则。人的常情,都喜爱美好的品德。"登上这楼的人,于此也可以反顾自身,而有所感悟了。

关于这楼,我既未能前往观赏,无法像范公写《岳阳楼记》那样,描写群山众流、风光景物、朝朝暮暮、一年四季的变化,唯有陈述敬夫的原话,并附上自己的感慨,以供后世君子观看。

淳熙己亥年十一月己巳日冬至。

祭吕伯恭著作文

宋孝宗淳熙八年(1181),吕祖谦病故。吕祖谦(1137—1181),南宋学者。字伯恭,世称东莱先生,婺州(今浙江金华)人。曾任著作郎兼国史院编修官。为学反对空谈,治经史以为用。和朱熹、张栻齐名,著有《东莱集》《东莱左传博议》等。在此前一年,张栻在江陵府任内去世。一年之间,连丧两个挚友,使朱熹悲不自胜。这篇祭文,虽为骈体,但既不堆砌典实,也不炫耀词藻,唯用偶句,抒写长恨。文字凄丽,情思缱绻,多少痛惜,多少慨叹,从笔下涌出。

呜呼哀哉!天降割于斯文①,何其酷耶!往岁已夺吾敬夫②,今者伯恭胡为又至于不淑耶③?道学将谁使之振④,君德将谁使之复,后生将谁使之诲,斯民将谁使之福耶?经说将谁使之继⑤,《事记》将谁使之续耶⑥?若我之愚,则病将孰为之箴⑦,而过将谁为之督耶?然则伯恭之亡,曷为而不使我失声而惊呼、号天而恸哭耶?

呜呼,伯恭!有蓍龟之智⑧,而处之若愚;有河汉之辩⑨，而守之若讷⑩；胸有云梦之富⑪，而不以自多；词有黼黻之华⑫，而不易其出。此固今之所难，而未足以议兄之仿佛也。若乃孝友绝人，而勉励如弗及；恬淡寡欲，而持守不少懈；尽言以纳忠，而羞为讦⑬；秉义以饬躬，而耻为介，是则古之君子，尚或难之，而吾伯恭，犹欿然而未肯以自大也⑭。盖其德宇宽洪，识量宏廓，既海纳而川停⑮，岂澄清而挠浊⑯。矧涵濡于先训，绍文献于厥家⑰；又隆师而亲友，极探讨之幽邈。所以禀之既厚而养之深，取之既博而成之粹，宜所立之甚高，亦无求而不备。

故其讲道于家，则时雨之化⑱；进位于朝，则鸿羽之仪⑲；造辟陈谟⑳，则宣公独御之对㉑；承诏奏篇，则右尹《祈招》之诗㉒。上方虚心而听纳，众亦注目其敷施。何遭时之不遂，遽萦疾而言归。慨一卧以三年，尚左图而右书；间逍遥以曳杖，恍沂上之风雩㉓。众咸喜其有瘳㉔，冀卒摅其素蕴，不惟传道以著书，抑亦后来之程准。何此望之难必，奄一夕而长终，增有邦之殄瘁㉕，极吾党之哀恫㉖。

呜呼哀哉！我实无似，兄辱与游，讲摩深切，

祭吕伯恭著作文

情义绸缪。粤前日之枉书，尚灿然其手笔，始言沉痼之难除，犹幸死期之未即；中语简编之次第，卒夸草树之深幽；谓昔腾笺而有约，盍今命驾以来游。欣此旨之可怀，懔讣车而偕至。考日月之几何，不旦暮之三四。呜呼伯恭！而遽死耶？吾道之衰，乃至此耶？既为位以泄哀，复缄辞以寓奠，冀嗣岁之有间，尚前言之可践。

呜呼哀哉！尚飨。

---

① 斯文：《论语·子罕》："天之将丧斯文也，后死者不得与于斯文也。"斯，此。文，指礼乐制度。后来以斯文指儒者、文人或学术事业。　② 敬夫：张栻。见《江陵府曲江楼记》注。　③ 不淑：吊唁及叹惋之词。义随文而别。《礼记·杂记上》："如何不淑？"指人死。　④ 道学：宋儒的哲学思想，以继承孔、孟"道统"，宣扬"性命义理"之学为主，兼容佛、道思想的某些内容。创始人为北宋周敦颐、张载、程颢、程颐等人，至朱熹始集其大成。　⑤ 经说：吕祖谦定《周易》为十二篇，以恢复古经原有的面貌，朱熹对此十分赞赏。　⑥ 事记：吕祖谦有《大事记》，起于周敬王，止于五代，十分精密，但生前尚未成书。　⑦ 病：指过失。箴(zhēn)：规戒。　⑧ 蓍(shī)龟：指卜筮。蓍草和龟甲都是古代卜筮用具，筮用蓍草，卜用龟甲。此借喻有预见之明。　⑨ 河汉：《庄子·逍遥游》："吾惊怖其言，犹河汉而无极也。"言所说的话，犹如天上银河，寻其源流，没有穷尽之处。后来比

喻言论迂阔,不切实际。此借喻能言善辩。　⑩ 讷(nè):语言迟钝。　⑪ 云梦:见《次韵陈休斋莲华峰之作》注。此借喻学问之大。　⑫ 黼黻(fǔ fú):古代礼服上绘绣的花纹,此借喻文章词藻华丽。　⑬ 讦(jié):发人阴私。　⑭ 欿(kǎn):不自满。　⑮ 川停:即渊渟。川,本作"渊",唐人避李渊讳改。停,应作"渟",水积聚不流。渊渟,言像渊那样的深静。此借喻吕祖谦为人深沉。　⑯ 挠(náo):搅,扰乱。　⑰"矧涵濡"二句:吕祖谦祖上吕夷简、吕公著、吕希哲、吕好问等,均为宋代名臣、学者,自北宋初年起,吕氏即已闻名于世。吕祖谦之学,本之家庭,有中原文献之传。　⑱ 时雨之化:时雨,应时之雨。刘向《说苑·贵德》:"春风风人,夏雨雨人。"比喻给人以教益或帮助。　⑲ 鸿羽之仪:《易·渐》:"鸿渐于陆,其羽可用为仪,吉。"陆,道路。鸿雁渐渐地飞在天上,四面都是通途,有如处于地上四通八达之路,故言"鸿渐于陆";鸿雁群飞有序,羽翮整齐,可为仪法,故言"其羽可用为仪"。后以鸿仪比喻官位。这里称赞吕祖谦的人品,可以作百官的表率。　⑳ 造辟陈谟:言到皇帝那里陈述谋划。造,到,去。辟,帝位。谟,谋划。　㉑"宣公"句:宣公,陆贽(754—805),唐代政治家。字敬舆,嘉兴(今浙江嘉兴)人,卒谥宣。唐德宗避朱泚之乱于奉天,诏书大多由他起草,时称"内相"。所作奏议,勇于指陈弊政,论辩明彻,为后世所推重。遗著有《翰苑集》(或称《陆宣公奏议》)。独御,单独进见皇帝。　㉒"右尹"句:尹,西周时为辅弼之官。《祈招》,《诗经》篇名。据《左传》昭公十二年载,周穆王想满足心愿,周游天下,祭公谋父作《祈招》诗劝阻了他。　㉓"恍沂上"句:《论语·先进》载:孔子叫学生各自谈谈自己的志向,曾点说:"莫春者,春服既成,冠者五六人,童子六七人,浴乎沂,风乎舞雩,咏而归。"莫,同"暮"。沂(yí),水名,源出山东邹县东北,西流经曲阜与洙水合,入于泗水。舞雩(yú),古代求雨祭天,设台命女巫为舞,称作舞雩。雩,求雨的祭祀。据《水经注》,沂水北对雩门,南隔水有雩台,即曾点所欲游玩处。曾点的话是说,在暮春三月,穿着春天的衣服,和五六个成年人,六七个小孩,在沂水边洗洗澡,在舞雩台吹吹风,一路唱着歌回家。孔子听了,十分赞赏。　㉔瘳(chōu):病愈。㉕殄瘁:见《挽刘枢密三首》注。　㉖恫(tōng):哀痛。

翻译

　　唉!真可悲啊!天把灾难降到儒者的头上,多么残酷啊!去年已经夺走了敬夫的生命,如今伯恭为何又遭此不幸?道学将靠谁来振兴?君王将靠谁来匡正?青年将靠谁来教诲?百姓将靠谁来造福?经籍解说将靠谁来继承?《大事记》将靠谁来延续?像我这样愚笨的人,缺点谁来告诫?过失谁来督责?正因为如此,伯恭的去世,又怎能不使我失声惊呼、仰天痛哭啊!

　　唉,伯恭!有先见之明,却以愚钝自居;有善辩之才,从不对人炫露;有广博的学问,但不以此自满;有华丽的词藻,又不轻易作文。所有这些,今人固然难以企及,但还不足以大致反映您的风貌。至于像孝顺、友爱过人,却仍以此勉励自己,唯恐不能做到;清静淡泊,不求名利,坚持操守,从不松懈;直言无忌,献纳忠诚,但羞为攻讦之事;执守道义,正身律己,而耻作孤傲之徒。所有这些,就是古代的有道之士,或许都难以做到,而伯恭依然谦虚谨慎,不肯以此自大。这是因为您气度恢宏,识见远大,既有大海一般的胸怀,深渊那样的沉静,又怎么会澄之即清,搅之即浊,受到外物的干扰?况且深受家庭的熏陶,从中继承了大量文献;加上尊师爱友,穷尽深远地探讨,由此承受丰厚,蓄积精深,采纳广博,成就纯粹,当然能达到很高的造诣,无所不知,无所不备。

所以您在家讲学,能给人教益;立朝作官,为众人表率;面奏君王,如宣公独被召见;奉命进言,似祭公赋诗讽谏。皇上正虚心倾听纳用,众人也注视着您的设施。为何时运不济,忽然抱病还乡?可叹一病三年,依然手不释卷,有时携杖外出,逍遥自在,恍若曾点春游,心胸悠闲。大家都为您病情好转而高兴,希望最终能舒展您的抱负,不仅可以著书传道,而且成为后世楷模。为何这种希望那么难以实现,您在一个晚上忽然长逝,加重了国家的困难,使我们感到极大的悲痛。

唉,真可悲啊!我本不足道,而您愿意交往,讨论深切,情意亲密。就在不久之前,还收到您亲笔来信,先说久病难治,幸亏还未到死期;中间谈及编书的次序,最后称赞四周环境幽深,说过去在信中曾有约会,现在正是时候,何不驱车前来游赏?我正为这主意高兴,随即惊闻您去世的噩耗。算算来信时间,还不过三四天。唉!伯恭竟死得这样快啊!我们学说的衰落,竟到了这种地步吗?我已立了您的牌位哭泣致哀,再封寄悼辞,遣使祭奠。但望来年有空,尚可前来您家实践原先的约言。

唉,真可悲啊!请享用祭品吧!

祭吕伯恭著作文

上宰相书

宋孝宗淳熙八年,浙东发生饥荒,宰相王淮推荐朱熹任提举浙江常平茶盐公事。上任以后,朱熹即征购粮食,兴修水利,了解民情,弹劾污吏,竭尽全力,以救灾荒。但他向朝廷的建议,很少被采纳。为此,朱熹不胜忧愤,在淳熙九年(1182),给王淮写了这封信。王淮(1126—1189),字季海,婺州金华(今浙江金华)人,淳熙八年拜右丞相兼枢密事。在这封信中,朱熹严厉指责当时的政府,对里里外外大大小小的官吏用各种手段巧取豪夺、侵吞浪费国家大量钱财的劣行,不闻不问,而对用于救济饥民的一点点钱物,却斤斤计较,不肯发放;对那普遍存在的依附权贵、互相勾结、骗取高官厚禄、到处横行霸道的现象,根本不管,而对那些救灾有功的人却分外吝啬,不肯赏给一些低级的官衔。并进而指出,造成这种是非颠倒、邪正不分的状况的原因是:朝廷爱护百姓,远不如爱惜钱财;宰相忧虑国家的安危,远不如关心自身的利益。如此下去,势必失尽民心,酿成大乱。由于作者情意迫切,故在信中直言无忌,对当时腐败的官僚机构,作了深刻有力的揭露和批判。

六月八日，具位谨奉书再拜献于某官①：

熹尝谓天下之事，有缓急之势；朝廷之政，有缓急之宜。当缓而急，则繁细苛察，无以存大体，而朝廷之气为之不舒；当急而缓，则怠慢废弛，无以赴事几，而天下之事日入于坏。均之二者，皆失也。然愚以为当缓而急者，其害固不为小，若当急而反缓，则其害有不可胜言者，不可以不察也。窃观今日之势，可谓当急而不可缓者矣，然今日之政则反是，愚不知其何以然也。

去岁诸路之饥②，浙东为甚；浙东之饥，绍兴为甚③。圣天子闵念元元之无辜，倾困倒廪以救之④，而甚者至出内帑之藏以补其不足⑤，德意之厚，与天同功。熹于是时，愈卧田野，而明公实推挽之，使得与被使令趋走之末，仰惟知遇，抚己惭怍。然自受任以来，夙夜忧叹，恐无以仰承圣天子之明命，而辱明公之知于此时也。是以不惮奔走之劳，不厌奏请之烦，以尽其职之当为者，求以报塞万一。而乃奏请诸事，多见抑却；幸而从者，又率稽缓后时，无益于事；而其甚者，则又漠然无所可否，若堕深井之中；至其又甚者，则遂至于按劾不行，反遭伤中。而明公意所左右，又自晓然。使人愤懑，自悔其来而求去不得，遂使因仍以至于今。

比日以来，神明消耗，思虑恍惚，两目昏涩，省阅艰辛，方欲少俟旬日，别上封章⑥，冀蒙哀怜，得就闲佚。又以连日不雨，旱势复作，绍兴诸邑，仰水高田，已尽龟拆⑦，而山乡更有种不及入土之处。明、婺、台州⑧，皆来告旱，势甚可忧。虽已一面多方祈祷，必冀感通，然天道高远，事有不可期者。万一更加旬日，未遂所求，则去年境界，又在目前。而上自大农⑨，下及闾巷，公私蓄积，频年发散，亦自无余，后日之忧，必有万倍于前日者。熹之迂愚，固不知所以为计，诚恐虽以圣主之聪明圣智，明公之深谋远虑，亦未必有断然不可易之长策，真可以惠活饥民，弹压奸盗，而保其必无意外之患也。熹是以彷徨怵迫⑩，未敢遽请，而复冒昧一罄其愚⑪，惟明公试幸听之：

窃惟朝廷今日之政，无大无小，一归弛缓，今亦未暇一一条数，以恳崇听⑫。且以荒政论之，则于天下之事，最为当急而不可缓者；而荒政之中，有两事焉，又其甚急而不可少缓者也。一曰给降缗钱⑬，广籴米斛⑭。今二广之米，舻舳相接于四明之境⑮，乘时收籴，不至甚贵，而又颗粒匀净，不杂糠粃，干燥坚硕，可以久藏。欲望明公察此事理，特与敷奏，降给缗钱三二百万，付熹收籴，则百万之粟，旬月可办。储蓄既多，缓急足用，政使朝廷别有支拔⑯，一纸朝驰，而米夕发矣。且往时不免转大农之粟，发内帑之币，以应四方之求矣，积之于此，与彼何异。而又乘贱广籴，利重费轻，殆与临期支拔、籴贵伤财者，不可同日而语。且今米船已集，求售无所，停住日久，坐失本利，后者惩创，因不复来，无穷之害，实自今始。此一事也。二曰速行赏典，激励富室。盖此一策，本以诱民，事急则籍之，以为一时之用；事定则酬之，以为后日之劝。旋观今日，失信已多，别有缓急，何以使众？欲望明公察此事理，特与敷奏，照会元降，即与推恩，使已输者无怨恨不满之意，未输者有歆艳慕用之心⑰。信令既行，愿应者众，则缓急之间，虽百万之粟，可指挥而办。况是此策，不关经费，揆时度事，最为利宜。而乃迁延岁月，沮抑百端，使去岁者，至今未及沾赏；而今岁者，方且反复却难，未见涯际。是失信天下，固足以为今日之所甚忧，而自坏其权宜济事之策者，亦今日之所可惜也。谋国之计，乖戾若此，临事而悔，其可及哉？此二事也。

然或者之论，则以为朝廷撙节财用，重惜名器[18]，以为国之大政，将在于此，二者之请，恐难必济。愚窃以为不然也。夫撙节财用，在于塞侵欺渗漏之弊；爱惜名器，在于抑无功幸得之赏。今将预储积蓄，以大为一方之备，则非所谓侵欺渗漏之弊也；推行恩赏，以昭示国家之信，则非所谓无功幸得之赏也。且国家经费，用度至广，而耗于养兵者十而八九。至于将帅之臣，则以军籍之虚数，而济其侵欺之奸；馈饷之臣[19]，则以簿籍之虚文，而行其盗窃之计；苞苴辇载[20]，争多斗巧，以归于权幸之门者，岁不知其几巨万。明公不此之正，顾乃规规焉较计毫末于饥民口吻之中，以是为撙节财用之计，愚不知其何说也？国家官爵，布满天下，而所以予之者，非可以限数也。今上自执政，下及庶僚，内而侍从之华，外而牧守之重，皆可以交结托附而得；而北来归正之人，近习戚里之辈，大者荷旌仗节㉑，小者正任横行㉒，又不知其几何人。明公不此之爱，而顾爱此迪功、文学、承信、校尉十数人之赏㉓，以为重惜名器之计，愚亦不知其何说也？

然熹亦尝窃思其故而得其说矣。大抵朝廷爱民之心，不如惜费之甚，是以不肯为极力救民之事；明公忧国之念，不如爱身之切，是以但务为阿谀顺指之计。此其自谋可谓尽矣，然自旁观者论之，则亦可谓不思之甚者也。盖民之与财，孰轻孰重？身之与国，孰大孰小？财散犹可复聚，民心一失，则不可以复收；身危犹可复安，国势一倾，则不可以复正。至于民散国危而措身无所，则其所聚有，不为大盗积者耶？明公试观自古国家倾覆之由，何尝不起于盗贼，盗贼窃发之端，何尝不生于饥饿？赤眉、黄巾、葛荣、黄巢之徒㉔，其已事可见也。数公当此无事之时，处置一二小事，尚且瞻前顾后，逾时越月而不能有所定，万一荐饥之余，事果有不可知者，不审明公何以处之？明公自度果有以处之，则熹不敢言；若果无以处之，则与其拱手熟视而俟其祸败之必至㉕，孰若图难于易，图大于细，有以消弭其端，而使之不至于此也？

古之人固有雍容深密，不可窥测，平居默然，若无所营，而临大事、决大策，不动声气，而措天下于太山之安者㉖。然从今观之，自其平日无事之时，而规模措划，固已先定于胸中，是以应变之际，敏妙神速，决不若是其泄泄而沓沓也。况今祖宗之仇耻未报，文、武之境土未复㉗，主上忧劳惕厉，未尝一日忘北向之志。而民贫兵怨，中外空虚，纲纪陵夷，风俗败坏，政使风调雨节，时和岁丰，尚不可谓之无事，况其饥馑狼狈，至于如此！为大臣者，乃不爱惜分阴，勤劳庶务，如周公之坐以待旦㉘，如武侯之经事综物㉙，以成上意之所欲为者，顾欲从容偃仰，玩岁愒日㉚，以侥幸目前之无事。殊不知如此不已，祸本日深，熹恐所忧者，当不在于流殍㉛，而在于盗贼；受其害者，当不止于官吏，而及于邦家。

窃不自胜漆室、嫠妇之忧㉜，一念至此，心胆堕地。念不可不一为明主言之，而犹未敢率然以进，敢先以告于下执事㉝。惟明公深察其言，以前日迟顿宽缓之咎，自列于明主之前，君臣相誓，务以尽变前规，共趋时务之急，而于熹所陈荒政一二事者,少加意焉。则熹虽衰病,不堪吏役,尚可勉悉疲驽,以备鞭策。至其必不可支吾而去,后来之人,亦得以因其已成之绪,葺理整顿㉞,仰分顾忧。如其不然,则熹之愚昧衰迟,固不能为此无面之不托㉟,而其狂妄,将有不能忍于明主之前者。明公不如早罢其官守,解其印绶,使毋得以其狂瞽之言㊱,上渎圣聪。则熹也谨当缄口结舌,归卧田间,养鸡种黍,以俟明公功业之成,而羞愧以死,是亦明公始终之厚赐也。情迫意切,矢口尽言㊲,伏惟明公之留意焉。

---

① 具位:即备位充数、不称职守的官吏,谦词。 ② 路:宋行政区域名。宋初为加强中央集权,分境内为若干路,以转运使、提点刑狱、安抚使分掌一路财赋、刑狱、兵马。 ③ 绍兴:府名。治所在今浙江绍兴。辖境相当于今浙江诸暨以北的浦阳江和曹娥江流域及余姚以北地区。 ④ 囷(qūn):圆形的粮仓。廪(lǐn):粮仓。 ⑤ 帑:见《壬午应诏封事》注。 ⑥ 封章:见《壬午应诏封事》文前说明。
⑦ 龟拆:天久旱,地面干裂如龟文。拆,通"坼",裂开。 ⑧ 明:明州,州名,以境内有四明山得名。治所在今宁波。辖境相当于今浙江甬江流域及慈溪、舟山群岛等地。婺:婺州,州名,治所在今金华。辖境相当于今浙江武义江、金华江流域各县。台:台州,州名,以境内北天台山得名。治所在今临海。辖境相当于今浙江临海、黄岩、温

岭、仙居、天台、宁海、象山等地。　⑨大农:大司农,汉武帝时为九卿之一,掌管租税、钱谷、盐铁和国家财政收支。后习惯用作户部尚书的别称。简称大农。　⑩怵(chù):恐惧。　⑪罄(qìng):尽。　⑫恩(hùn):打扰。　⑬缗(mín)钱:用绳(缗)穿连成串的钱,即贯钱。　⑭籴(dí):买入谷物。斛(hú):量器名。古代以十斗为一斛,南宋末年改为五斗一斛。　⑮四明:旧时浙江宁波府的别称,以境内有四明山得名。　⑯政使:政通"正",即使。　⑰歆(xīn):羡慕。　⑱名器:古代将表示等级的称号和车服仪制等称作名器。　⑲馈饷(kuì yùn):运输食粮。　⑳苞苴(jū):赠人礼物,必加包裹,因称馈赠的礼物为苞苴。又用以指以财物行贿或行贿的财物。　㉑旄(máo):竿顶用旄牛尾为饰的旗。节,符节。旄节,使臣所持之节,用作信物。另外,镇守一方的军政长官,也拥有旄节。　㉒横行:宋代职官,武阶有横行正使、横行副使。　㉓迪功:迪功郎,见《壬午应诏封事》注。文学:宋代文阶低级散官。承信:承信郎,宋代武阶低级散官。校尉:宋代武阶低级散官。　㉔赤眉:西汉末年,王莽代汉建立新朝。天凤五年(18),青、徐(今山东东部和江苏北部)一带发生大灾荒,琅邪(今山东诸城)人樊崇在莒县(今属山东)领导起义,因用赤色染眉作标识,故称"赤眉军"。后遭到刘秀所部的围击,起义失败。黄巾:东汉末年,巨鹿(今河北平乡西南)人张角创太平道,借治病传教,秘密进行组织活动,十余年间,徒众达数十万。灵帝中平元年(184),各地同时举行起义,因起义军以黄巾裹头,被称为"黄巾军"。后在东汉政府军和豪强地主武装的联合镇压下,起义失败。葛荣:北魏末年,鲜于修礼发动起义,被害后,葛荣率领其众继续斗争。孝明帝孝昌二年(526),被部下推为天子,国号齐。后为魏大将军尔朱荣所败,于洛阳被害。黄巢:唐朝末年,濮州(今山东鄄城北)人王仙芝聚众起义,曹州冤句(今山东菏泽)人黄巢率众响应,王仙芝战死后,被推为领袖。僖宗中和元年底(881),进入长安,即皇帝位,国号大齐。僖宗中和三年,起义军撤出长安,次年退至泰山狼虎谷,为唐军追及,黄巢自杀。　㉕俟(sì):等待。　㉖太山:即泰山。　㉗文武:周文王、周武王。此以"文武之境"指中国的疆土。　㉘周公之坐以待旦:出自《孟子·离娄下》,言周公想到该做什么事,就坐着等到天明,表示心情迫切。周公,见《壬午应诏封事》注。　㉙武侯:即诸葛亮。刘禅继位,被封为武乡侯。当政期间,励精图治,政事无论大小,都由他决定。后病死五丈原军中,葬定军山(今陕西勉县东南),有《诸葛亮集》。参见《斋居感兴》注。　㉚愒日:见《壬午应诏封事》注。　㉛殍(piǎo):饿死,又指饿死的人。　㉜漆室:春秋鲁邑名。据刘向《列女传》,鲁穆公时,国君老,太子小,国事甚危。有少女深以为忧,因倚柱悲歌,感动旁人。嫠(lí)妇:《左传》昭公二十四年:"嫠不恤其纬,而忧宗周之陨,为将及焉。"嫠,寡妇。纬,织物的横丝。说寡妇不忧自己纬少,而害怕国亡祸及。以言忘私忧国的殷切。　㉝执事:见《与陈侍郎书》注。　㉞葺(qì):修补。　㉟无面之不托:不托,同"馎饦",即汤饼。没有面则无从做汤饼。无面之不托,即无米之炊意。　㊱狂瞽:狂,悖理。瞽,不明。狂瞽之言,指不合事理的谬论。　㊲矢口:直言。矢,正直。

翻译

六月八日，具位之臣恭敬地捧着信，再拜献给某官：

我曾说天下的事情，形势有时宽缓，有时紧迫；朝廷的政务，如何处理合宜，也有或缓或急的不同。应当缓办而操之过急，那就不免繁琐苛刻，丧失原则，朝廷上的气氛，由此不得舒畅；应当急办而拖延迟缓，就会懒散松弛，丧失时机，而天下的事情，也就一天天败坏下去。这两个方面，同样失策。但我认为应当缓办而操之过急，害处固然不小，至于应当急办而拖延迟缓，那害处就更讲不尽了，切不可忽视。我私下观察当今形势，可以说应当急切对待，万不可再拖延了，但是今天的政事，恰恰相反，我真不明白为什么竟会这样。

去年各路发生饥荒，浙东尤其厉害，而浙东的饥荒，又以绍兴为最。圣明皇帝怜恤百姓没有罪过，将仓库里的东西全部用来救济，甚至拿出宫内库藏的财物来补充不足。恩深德厚，如同上天化育万物。我在这个时候，困顿在乡村之中，由于明公的推荐引进，得到朝廷任命，随同众人奔走。想着知遇之恩，自己感到惭愧。但自上任以来，朝夕担忧，唯恐在这时不能完成圣明皇帝交付的任务，辜负您的赏识。因此不怕奔走的劳苦，不厌上书请示的麻烦，以尽自己职分中所应负的责任，希望能以此作为一点报答。可现在向上面请示办理的各项事情，多数被压下或退还；碰巧得到许可的，大多又因拖延错过时机，对事情没有帮助；更坏的是，又冷漠地不置可否，好像东西落到深井之中；而比这还要坏的是，竟然不查询追究，反遭中伤。而您的意见在这里起的作用，又十分明显。真使人怨恨烦闷,后悔不该出来,又不能离去,只得按例行事拖到现在。

近日以来,精神消散,思虑不清,视力模糊,阅读困难。正想少待旬日,另外上书辞职,希望得到批准,能身处安逸之中。又因好久没下雨,干旱再次发生,绍兴所属各县,高处靠水灌溉的田地,都已坼裂,而山区还有因干旱而来不及播种的地方。明州、婺州、台州,都来告急,旱势非常可忧。虽已一面用多种方法祈祷求雨,希望感动神明,但天道渺茫,不一定能满足人们的期望。万一再过十来天,所求不成,那么去年受灾的情景,又将出现在眼前。而现在上自户部,下至民间,公私积蓄,连年发放,已无多余,将来的忧患,必然比过去厉害万倍。我迂阔愚笨,固然不知如何对付,只怕虽以皇上的聪明圣智,您的深谋远虑,也未必有一定可行的好办法,真可以救济饥饿的百姓,镇压反叛的强盗,保证必不发生意外的祸患。我为此徘徊不定,忧惧焦急,不敢急于提出辞呈,而再次冒昧地把心里话尽情说出,希望您能听一下:

我私下考虑当今朝廷的政事,不论大小,全都松懈怠堕。现在不去一一列举,打扰听闻。姑且拿赈灾一事来说,这是国家最应当急办而不可拖延的事。在赈灾之中,有两件事,又极其急迫不可稍缓:一是发给缗钱,多多收购粮食。如今从两广运米来的船只,在四明境内接连不断,趁这时进行收购,价格不太贵,而且谷粒匀净,不杂糠秕,干燥壮实,可以长久储藏。希望您能考虑此事,特地上书奏请,发放缗钱二三百万,交给我去收购。那么百万斛粮食,一月之内便可办好。储蓄既多,一旦急需,足够支用。即

上宰相书

使朝廷另有需要，只须早上发一纸命令，米当晚就能发出。况且以前为了赈灾，不免转运户部库藏粮食，发放宫内所藏财物，来接济四方的需求。现在粮食积存在这里，和藏在国家仓库有什么两样？而且又是趁价格低廉时大量收购，获利大而花费少，和临时需要调拨时高价购进，损耗钱财，不可相提并论。而且如今米船已经集中来到，想出售却找不到地方。停留时间一长，眼睁睁地看着本利丧失，后面的人引为教训，因此不敢再来，无穷的害处，就从现在开始。这是第一件事情。二是迅速推行赏赐制度，激发鼓励富有人家出力助赈。这个政策，原是用来诱导百姓，在事急的时候，依靠他们捐助，以供一时的需要；事成之后，给予酬赏，以此劝勉后人。反过来看眼前的情形，已经大大丧失信用。今后再有紧急的事靠什么来使唤民众？希望您也能考虑此事，特地上书奏请，对照原先颁布的命令，立即推行恩赐，使已经捐助的人，没有怨恨不满的表示，未曾捐助的人，有欣羡效用的心情。讲信用的命令既已施行，愿意响应的人就一定很多。那么遇到紧急的情况，就是聚集百万斛粮食，也可以一举而成。况且这种办法，不需要经费，从现在的时势和办事功效考虑，最为有利合宜。而现在却拖延日子，百般阻挠压制，使去年应该受赏的人至今尚未得到，今年应该受赏的人，正被一再推却为难，毫无着落。这是失信天下，固然是今天十分可忧的事；而自己毁坏这种随时变通能成事功的方法，在今天也是十分可惜的。治理国家的大计，竟这样违情悖理，将来碰到急难再懊悔，来得及吗？这是第二件事。

或许有人会这样讲：朝廷应当节约开支，爱惜官爵，国家的大政,就在于此,上面两项请求,恐怕难以做到。我却认为并非如此。所谓节约开支,在于杜绝侵占欺骗、浪费损耗的弊害;爱惜官爵,在于抑止没有功劳而侥幸获得的滥赏。现在预先广积粮食,替一个地区防荒作充分准备,那就不是所说的侵占欺骗、浪费损耗的弊害;推行赏赐,以显示国家的信用,那就不是所说的没有功劳而侥幸获得的滥赏。况且国家经费,用处极广,消耗在养兵方面的占十之八九。至于那些将帅用虚报士兵名额,来实现侵占欺骗的奸谋;负责运输的官吏,在账簿文书上弄虚做假,进行盗窃的勾当;行贿的财物,用车装载,还相互争胜,送入权贵宠臣的家中,每年不知多少万。您对这些事,不加纠正,反而斤斤计较饥民糊口的一点东西,以此作为节约财政开支的措施,我不明白这有什么理由?国家的官爵,到处都是,分封的官爵,毫无数额限制。现在上自执政大臣,下至百官众吏,朝内清贵的侍从之臣,朝外身负重任的地方长官,都可以通过勾结依附取得。而从北方回来归正的人,皇上的亲近外戚,大的镇守一方,小的也任武官正职,不知有多少人。您对此毫不顾惜,反而吝啬赐给十几个人迪功、文学、承信、校尉等低级官衔,以为这就是爱惜国家官爵,我也不明白这有什么理由。

但我也曾在私下思索上述情况的原因,并找到了答案。大概朝廷爱护百姓的心思,不像吝惜费用那么周到,因此不肯尽力去做救济百姓的工作;您忧国的念头,也不像保全自身那么迫切,因此只作谄媚迎合的打算。这为个人着想,可以说很周到了,但就旁观者来讲,也可说是太欠考虑了。百姓和财物,谁轻谁重?自

上宰相书

身和国家,谁大谁小？财物用掉了,还可以再积聚,民心一旦失去,就不可能再得到；自身遭受危险,还可以化险为夷,国家形势一旦倾败,就不可能再恢复。到了百姓离散、国家危亡、无处安身的时候,那么所聚有的财物,不是为大盗所积吗？您看自古以来国家倾覆的原因,哪个不是从百姓反叛开始？而百姓反叛的起因,哪个不是因饥饿产生？这从赤眉、黄巾、葛荣、黄巢这些人的往事中,已很清楚地得到证明。您们在今天这个平安无事的年代,处理一二件小事还瞻前顾后,拖延很久而不能做出决定,万一在连年饥荒之后,发生意外的变乱,不知道又将怎么对付？如果您自忖真有办法对付,那么我不敢再说什么。如果真无办法对付,那么与其袖手不管,眼看着祸败必然到来,哪里比得上事先谋划,在易办的时候就想到困难,在处理小事的时候就考虑到重大问题,用以消除祸端,使它不致发展到不可收拾的地步呢？

古代确实有一种人,从容不迫,深不可测,平时沉默寡言,好像无所打算,而碰到大事情、决定大政策的时候,却能不动声色,使国家安如泰山。但从现在看来,他们在平日无事的时候,对治国的规模方略,自然早已在胸中有所安排,因此到应付事变的时候,明敏巧妙,迅速解决问题,决不像现在这样松弛懒散。况且祖宗的仇恨耻辱,尚未报复；中国的疆土,尚未收复；皇上忧患勤劳,警惕戒慎,未曾一天忘记北伐的志向。而现在百姓贫困,士兵不满,朝廷和地方,财用空乏,法纪不振,风俗败坏,即使风调雨顺,年成丰收,还不能说是太平无事,何况现在遭受灾荒,行动窘迫,已到了这种地步！作为朝廷大臣,却不爱惜时间,勤奋工作,像周公那样坐着等待天明,像武侯那样综理国家大事,来帮助皇上达到目的;反倒安逸悠闲,随世浮沉,虚度岁月,以眼前无事为侥幸。不知这样发展下去,祸害的根子一天比一天深入,我怕到那时所担忧的,就不是流浪的饥民,而是反叛的盗贼;遭受祸害的,就不止是官吏,而要累及国家了。

我抑制不住内心的深忧,只要一想到这里,就心惊胆战。考虑这事不可不向圣明皇上陈述一下,但还不敢轻率地上书,所以先来向执事报告。希望明公能好好考虑这些话,自己把以前办事拖拉松弛的错误,在皇上面前一一列举出来,然后君臣一起立下誓言,务必彻底改变以前的做法,共赴国家的急难,而对我所说有关救灾的一二件事,稍加留心。那么我虽衰弱多病,不能胜任公事,尚可竭力勉励自己,以供差遣。即使到再也不能勉强支撑下去的时候,后来接任的人,也可在原有基础上弥补整顿,以分担上面的顾虑忧劳。不然的话,那么我愚昧衰弱,固然难为无面的汤饼,且生性狂妄,将不能在圣明皇上面前忍耐不言。您不如趁早罢免我的官职,解除我的印绶,使我不能够用狂言乱语冒犯皇上,那么我就闭口结舌,回家隐居,养鸡种黍,等候您成就功业,而羞愧地死去,这也算是您的厚待有始有终了。情意迫切,直言无忌,希望您能加以考虑。

感春赋

宋孝宗淳熙五年,宰相史浩推荐朱熹知南康军;淳熙八年,宰相王淮推荐朱熹任浙东提举。在任期间,朱熹不辞劳苦,不畏邪恶,兴利除害,有以身殉国之意。但是当时腐败的政治,使他不能有所作为。特别是在他弹劾唐仲友的不法行为之后,唐仲友的姻家王淮,立即改变了态度,与吏部尚书郑丙等人一起极力攻击道学。庆元党禁,实际上已从这时开始。在这种打击之下,朱熹再次提出辞呈,淳熙十年(1183),被差主管台州崇道观。此后,他数年闭门不出,潜心讲学。但忧国之念仍难忘怀,于是作《感春赋》以见其志。这种特定的境遇,特有的感受,使这篇赋寓意含蓄,造境深远,语似超脱,情实沉痛。

赋,文体名。最早以"赋"名篇的为战国荀卿,到汉代形成一种特定的文体,讲究文采、韵节,兼具诗词与散文的特征。

触世途之幽险兮,揽余辔其安之①?慨埋轮而絷马兮②,指故山以为期。 仰皇鉴之昭明兮,眷余衷其犹未替③。 抑重巽于既申兮,徇耕野之初

志④。自余之既还归兮,毕藏英而发春⑤。潜林庐以静处兮,阒蓬户其无人⑥。披尘编以三复兮,悟往哲之明训。嗒掩卷以忘言兮⑦,纳遐情于方寸。朝吾屣履而歌商兮⑧,夕又赓之以清琴⑨。夫何千载之遥遥兮,乃独有会于余心。忽嘤鸣其悦豫兮,仰庭柯之葱茜。悼芳月之既徂兮⑩,思美人而不见⑪。彼美人之修嫭兮⑫,超独处乎明光。结丹霞以为绶兮,佩明月而为珰。怅佳辰之不可再兮,怀德音之不可忘。乐吾之乐兮,诚不可以终极;忧子之忧矣,孰知吾心之永伤?

①"揽余辔"句:辔(pèi):马缰。《后汉书·范滂传》载,东汉桓帝延熹二年(159),冀州灾荒,到处发生暴动,于是命范滂为清诏使,前往观察。"滂登车揽辔,慨然有澄清四方之志。"之:到。　②埋轮:《后汉书·张纲传》载,东汉顺帝汉安元年(142),选派使节八人巡视各地,七人受命出发,只有张纲才到洛阳都亭,就停下车来,把车轮拆下埋在地里,说:"豺狼当路,安问狐狸!"即上书弹劾当时掌握朝廷大权的梁冀,京师为之震动。絷(zhí)马:拴缚马足。　③眷:怀念,器重。替:衰落。　④"抑重巽"二句:大意是说,上下谦逊的理想政治实现后,自己就将按初衷退隐。《易·巽》:"重巽以申草。"《疏》:"巽者,卑顺之名。"又云:"上巽能接于下,下巽能奉于上,上下皆巽,命乃得行。故曰重巽以申命也。"　⑤藏英:冬天草木凋零,好像潜

藏起来。发春:春天万物发生,欣欣向荣。 ⑥阒(qù):静无人声。 ⑦嗒(tà):沮丧,失意。忘言:此指已理解书中之意。《庄子·外物》:"言者所以在意,得意而忘言。" ⑧屣履:穿鞋而不拔上鞋跟。歌商:商歌,悲凉低音的歌。 ⑨赓(gēng):接续。 ⑩徂(cú):往。 ⑪美人:旧指贤人,或所怀念的人。 ⑫修嫭(hù):美好。

翻译

面对着昏暗险恶的世途,我握着缰绳,该去何处?还是把车轮埋掉,把马匹拴住,我慨然长叹,指着故乡作为自己的归宿。仰望皇上明察秋毫,依然不忘我的忠诚。还是等到上下谦顺的理想政治实现后,再来实现我当初躬耕山野的心愿。自从我回到家乡,已度过寒秋,迎来春天。幽静地隐居山林之中,清寂的茅屋无人干扰。再三翻阅积满灰尘的书籍,领悟以往哲人明智的教诲。我心领神会,嗒然合上书本,一种高远的情思在心中产生。清晨我拖着鞋子悲怆地歌唱,傍晚又奏响清亮的琴声。时隔千年,多么遥远,唯有我能领会古人的深心。忽然听见鸟儿悦耳的鸣声,仰望院中的树木青翠茂盛。我为良辰的流逝伤感,怀念美人却无法相见。那美人是多么纯洁美好,超然独居在清朗的光辉之中。绶带用灿烂的霞光结成,佩饰是那皎洁的月光。怅恨美好的时光一去不返,怀念美好的言辞不会遗忘。我为自己的欢乐而欢乐,真不知什么时候才会穷尽。我为你的忧愁而忧愁,谁又能理解我心中无限的感伤?

丞相李公奏议后序

这是朱熹在宋代爱国大臣李纲奏议后面写的一篇序文。李纲(1083—1140),字伯纪,邵武(今属福建)人。高宗即位,拜宰相,在位仅七十日,就因黄潜善、汪伯彦的谗言被罢免。曾多次上疏陈说抗金大计,都未被采纳。李纲在靖康之变前后,奋起动乱之际,受命危难之间,精忠报国,负天下重望,以一身进退系国家安危。但他的忠诚,虽能感动军民,却不能感悟昏君;他的胆识,一方面使金人敬畏,一方面又遭到奸佞的诽谤。最后眼看着国家陷入危亡之中而无能为力。这篇文章作于宋孝宗淳熙十年(1183),当时朱熹也因遭受打击,不得已闲居在外,李纲的遭遇,在他心中引起共鸣。故借他人杯酒,浇自己胸中块垒,通过感叹李纲的身世,来揭示时代的灾难,情意愤激,感慨万千。

呜呼! 天之爱人, 可谓甚矣。惟其感于人事之变而迫于气数屈信消息之不齐①,是以天下不能常治常安,而或至于乱。然于其乱也, 亦未尝不为之预出能弭是乱之人②,以拟其后,盖将以使夫

生民之类，不至于糜烂泯灭，靡有孑遗③；而为之君者，犹有所恃赖凭依，以保其国。是则古今事变之所同然，而天之所以为天者，其心固如此也。呜呼！若宣和、靖康之变④，吾有以知其非天心之所欲，而一时人物若故丞相陇西公者⑤，其所谓能弭是乱之人非耶？

盖闻政、宣之际⑥，国家之隆盛极矣。而都城一日大水猝至，举朝相顾，莫有敢以变异为言。公独知其必有夷狄兵戎之祸，上疏极言，冀有以消弭于未然者。不幸谪官以去，而间不七年，虏骑遂薄都城。公于此时，又方以眇然一介放逐之余，出负天下山岳万钧之重。首陈至策，而徽宗决内禅之计；继发大论，而钦庙坚城守之心⑦，任公不疑，遂却强虏。然自重围既解，众人之心，无复远虑，而争为割地讲和之说，以苟目前之安。公独以为不然，而数陈出师邀击之可以必胜，与其得气再入之不可以不忧。则谗间蜂起，远谪遐荒，而不数月间，都城亦失守矣。

建炎再造⑧，首登庙堂⑨，慨然以修政事、攘夷狄为己任。诛僭逆⑩，定经制，宽民力，变士风，通下情，改弊法，招兵买马，经理财赋，分布要害,缮治城壁,建遣张所抚河北[11],傅亮收河东[12],宗泽守京城[13],西顾关陕[14],南葺樊、邓[15],且将益据形便,以为必守中原、必还二圣之计[16]。然在位才七十余日,而又遭谗以去。其在绍兴[17],因事献言,亦皆畏天恤民、自强自治之意,而深以议和退避为非策,恳扣反复,以终其身。

盖既薨而诸子集其平生奏草[18],得凡八十卷。其言正大明白,而纤微曲折,究极事情;绝去雕饰,而变化开阖,卓荦奇伟[19]。前后二十余年,事变不同,而所守一说,如出于立谈指顾之间[20]。今少傅丞相福国陈公序其篇端[21],所以发挥引重,固已尽其美矣。公之孙晋,复使熹书其后以推明之。熹谢不敢,而其请愈力,不得辞也。

顾尝论之,以为使公之言用于宣和之初,则都城必无围迫之忧;用于靖康,则宗国必无颠覆之祸[22];用于建炎,则中原必不至于沦陷;用于绍兴,则旋轸旧京[23],汛扫陵庙,以复祖宗之宇,而卒报不共戴天之仇,其已久矣。夫岂使王业偏安于江海之濒[24],而尚贻吾君今日之忧哉!顾乃使之数困于庸夫孺子之口,而不得卒就其志。岂天之爱人有时,而不胜夫气数之力;抑亦人事之感或深

丞相李公奏议后序

或浅,而其相推相荡,固有以迭为胜负之势,而至于然欤？呜呼痛哉！昔蒯通每读乐毅书㉕,未尝不废书而泣,安知异时不有掩卷太息而垂涕于斯者耶？虽然,今天子方总群策,以图恢复之功,使是书也得备清闲之燕,而幸有以当上心者焉,则有志之士,将不恨其不用于前日,而知天之所以生公者,真非偶然矣。因次其说以附于八十卷之末,使览者无疑于福公之言云。

淳熙十年十月丙午既望㉖,宣教郎直徽猷阁主管台州崇道观朱熹谨书㉗。

---

①信:舒展。通"伸"。　②弭(mǐ):平息。　③孑(jié)遗:剩余。
④宣和、靖康之变:宣和、靖康,见《壬午应诏封事》注。宣和七年(1125),金兵攻占全部燕山州县,进而向东京(今河南开封)逼近。靖康元年冬(1126),金军攻破东京。次年四月,金人俘徽宗、钦宗和宗室、后妃等数千人,以及教坊乐工、技艺工匠、冠服礼器、天文仪器、珍宝玩物、藏书地图等北去,东京城中公私蓄积为之一空。北宋灭亡。　⑤陇西公:陇西,郡名,秦置,在今甘肃东南部一带。据《新唐书·宗室世系表》,李氏出自嬴姓。其后有仲翔,为河东太守、征西将军,在素昌讨伐羌人,战死后埋葬在陇西狄道东川,以后世代就居住在那里。据说汉代名将李广就是仲翔的曾孙。后人常以陇西作为李姓的籍贯。这里尊称李纲为陇西公。　⑥政、宣:政和、宣

和。政和,宋徽宗(赵佶)年号(1111—1118)。宣和,见前注。　⑦ 钦庙:指钦宗。庙,庙号。古代帝王死后,在太庙立室奉祀,并追尊以某祖、某宗的名号,称庙号。　⑧ 建炎:宋高宗(赵构)年号(1127—1130)。　⑨ 庙堂:指朝廷。　⑩ 诛僭逆:僭(jiàn),假冒,越权。靖康元年,金军攻陷东京,张邦昌建立傀儡政权,称"楚帝"三十三日。高宗即位后,因李纲力主严惩,将张放逐到潭州处死。　⑪ 张所:金兵围攻东京,张所以蜡书招募河北兵,大得民心,应募者达十七万人,由此声震河北。故李纲认为招抚河北,非张所不可,推荐他任招抚使。　⑫ 傅亮:金兵围攻东京,傅亮率领勤王军三万人,屡立战功。李纲看到他有智谋,可以重用,推荐他任河东经制副使。　⑬ 宗泽:宋代抗金名将。字汝霖,婺州义乌(今属浙江)人。靖康元年,募集义勇,抗击金兵。李纲认为东京留守,非宗泽不可。宗泽上任后,用岳飞为将,屡败金兵。　⑭ 关陕:关中陕西。关中,函谷关以西地区,相当于今陕西省。　⑮ 樊、邓:樊,樊城,今湖北襄樊市樊城。邓,古县名,治所在今湖北襄樊市北。　⑯ 二圣:即宋徽宗、宋钦宗。　⑰ 绍兴:宋高宗年号(1131—1162)。　⑱ 薨(hōng):古时诸侯死叫薨。　⑲ 卓荦(luò):卓绝出众。　⑳ 立谈指顾:喻极短的时间。　㉑ 陈公:陈康伯(1096—1165),字长卿,弋阳(今属江西)人,宋孝宗隆兴元年(1163),拜太保、观文殿大学士,封福国公。　㉒ 宗国:本族的国家。　㉓ 旋轸:旋,返还。轸(zhěn),古代车后的横木,也用作车的别称。　㉔ 溎(shì):水滨。　㉕ "昔蒯通"句:出自《史记·乐毅列传》"太史公曰"。蒯通,汉初人,以善辩著名。乐毅书,即乐毅《报燕惠王书》。乐毅,战国时燕国名将,中山(在今河北)人,燕昭王时,率军大破齐国,先后攻下七十多城,燕惠王即位,

丞相李公奏议后序

中齐反间计,他出奔赵国。齐国一举收复失地。燕惠王感到害怕,写信向他道歉,于是乐毅作《报燕惠王书》,以表白心迹。 ㉖既望:过去称农历十五为望,望后一日为既望。 ㉗宣教郎:文散官,原名宣德郎,正七品。直徽猷阁:直,值班,值勤。台州:见《上宰相书》注。

翻译

唉!上天爱护人类,可以说非常周到了。只是由于人事变动的感应,命运屈伸消长互为交替的逼迫,因此天下不能永远安定,有时会发生祸乱。但上天对此,也总是预先生就了能够平息祸乱的人物,来整顿乱后的局面,使得人类不至于灭亡;而做君王的,还能有所依靠,来保全国家。自古迄今发生变乱时,都是这样,而这正是上天作为万物主宰的苦心。唉!像宣和、靖康的变故,我有理由认为决不是上天要它发生,而在这时出现的像前丞相陇西公这样的人物,不就是所说的能够平息祸乱的人吗?

听说政和、宣和年间,国家兴隆昌盛极了。一天京城忽发大水,满朝官员,互相看着,无人敢说这是国家将要发生灾难变故的征兆。唯有李公知道一定有蛮族入侵的祸患,上书尽情说出,希望事先消除祸患。不幸因此反被降职,离开了朝廷。隔了不到七年,敌人的兵马果然逼近京城。在这危急的时候,李公作为一个毫无地位的流放者,挺身而出,担负起挽救国家兴亡的重任。首先提出关键的决策,使徽宗决定让位给太子;接着陈述高超的见解,使钦宗坚定了固守京城的决心,毫不猜疑地任用李公,迫使强敌退却。但从京城解围之后，众人的心中，不再作长远的打算，争着提出割让土地进行讲和的主张，以图眼前暂时的安定。唯独李公认为不对，屡次提出此时出兵阻截攻打敌人，一定可以取得胜利，以及不可不忧虑敌人养精蓄锐后再度入侵的危险。于是诽谤挑拨的人纷纷出现，李公又再次被贬官到边远的地方。不到几个月，京城也就落到了敌人手中。

建炎年间，重建政权，李公首先出任宰相，情绪激昂，把整治政事、抵抗蛮族入侵，作为自己的责任。严惩叛逆，确定制度，宽缓百姓的徭役，转变士大夫的风气，使民间疾苦上达朝廷，改革有害的法令，招募士兵，购买战马，料理财货赋税，派兵分守各处军事要地，整修城墙，建议派遣张所去招抚河北，傅亮去收复河东，宗泽守卫京城，西面照应关中陕西，北面整治樊、邓二城，并将进一步占据有利的地形，作为一定要守住中原，使徽宗、钦宗二帝返归的筹划。但是，任职仅七十多天，又因遭到毁谤离开。之后，在绍兴年间李公上书陈说的一些事，也都是希望皇上敬畏天命，怜悯百姓，依靠自己的力量谋求太平，他深深地认为同敌人讲和、在军事上退避是一种失策，再三恳求皇上对此注意，直到去世。

李公死后，他儿子搜集他平生奏稿，共得八十卷。他的言论，既正大明白，又细微曲折，穷究事理；文字毫不雕饰，而笔端变化不测，卓绝出众，奇特雄伟。前后二十多年，尽管事情多变，但总是坚守一定主张，就像是在很短的时间内所说的那样。现任少傅丞相福国陈公作了序文，阐发文章的精义，推重李公的德行，原已十分详尽了。而李公的孙子李晋，又要我在书后作一篇文章，加

丞相李公奏议后序

以推究说明。我辞谢不敢当,而他的请求更加恳切,使我无法再推辞了。

我曾说过:如果李公的言论,能在宣和之初被采纳,那么京城一定不会有被围困的忧患;能在靖康年间被采纳,那么国家一定不会有被倾覆的祸患;能在建炎年间被采纳,那么中原故土一定不至于沦陷;能在绍兴年间被采纳,那么还都旧京、祭扫宗庙陵墓、光复祖宗国土、最后报复不共戴天之仇的大业,早已完成了。又怎么会使帝王的基业,偏安在江海之滨,给我们的君王留下眼前的忧患呢?但他的主张,却屡次遭到庸人小子的诽谤干扰,不能最终实现他的志向。难道上天爱护人类的心意并不持续一贯,并且还斗不过命运的力量么?还是人对世事的感受或深或浅,相互排斥冲撞,本来就有胜负更替的形势,从而造成了这样的局面呢?唉!真令人痛惜啊!从前蒯通每次读乐毅《报燕惠王书》,没有一次不放下文章哭泣。谁知道以后会不会有人读李公的奏议,也要合上书本,长叹流泪呢?尽管如此,当今皇帝正在集中众人的智慧,谋求恢复疆土的功业,如果让这部书放在皇上身边,在清闲休息时阅览,并有幸合乎皇上的心意,那么有远大志向的人,就有了希望,可不再遗憾以前没有采纳李公的主张,从而明白上天之所以要生出李公,确实不是偶然的。于是我将上面这些话,附在八十卷奏议后面,使得阅读这书的人,不会对福公的序言生疑。

淳熙十年十月丙午十六日,宣教郎直徽猷阁主管台州崇道观朱熹恭敬地作。

记孙觌事

这篇文章作于宋孝宗淳熙十二年（1185），当时朱熹仍闲居在外，被差主管华州云台观。孙觌（1081—1169），字仲益，晋陵（今江苏常州）人，曾任御史。靖康元年（1126），宋钦宗罢免李纲，对金求和，陈东率太学生并京城居民十余万人，伏阙上书，坚决要求抗战。孙觌于此时，竟弹劾李纲借此要挟君王。徽、钦两帝被掳，奉命草降表，极意献媚，辞甚卑下。孙觌一生，专附和议，怙恶不悛，在当时就已为人所鄙视。但其所作诗文颇工，尤长四六，有《鸿庆居士集》。如果说，前一篇《丞相李公奏议后序》，以激昂的言词，赞颂了李纲奋身救国的高尚情怀；那么，这篇《记孙觌事》，则以辛辣的笔调，讽刺了孙觌卖国求荣的卑劣行径。两篇文章，一爱一憎，从正反两个方面，鲜明地表达了朱熹的政治立场。

靖康之难①，钦宗幸虏营②。虏人欲得某文③。钦宗不得已，为诏从臣孙觌为之；阴冀觌不奉诏，得以为解。而觌不复辞，一挥立就，过为贬损，以媚虏人，而词甚精丽，如宿成者。虏人

大喜，至以大宗城卤获妇饷之④。觌亦不辞。其后每语人曰："人不胜天久矣，古今祸乱，莫非天之所为。而一时之士，欲以人力胜之，是以多败事而少成功，而身以不免焉。孟子所谓'顺天者存，逆天者亡'者⑤，盖谓此也。"或戏之曰："然则子之在虏营也，顺天为已甚矣，其寿而康也宜哉！"觌惭无以应。闻者快之！

乙巳八月二十三日，与刘晦伯语⑥，录记此事，因书以识云。

① 靖康之难：见《丞相李公奏议后序》注。　② 幸：封建时代称帝王亲临为幸。　③ 某文：指降表。朱熹追述本朝皇帝投降事，不便明说，故云"某文"。　④ "大宗城"句：《诗·大雅·板》："大宗维翰"，"宗子维城"。大宗，周代宗法以始祖的嫡长子为大宗，其他为小宗。宗子，嫡长子。此大宗城，即指金朝的皇室同宗权贵。卤通"掳"。饷，赠送。　⑤ "孟子所谓"二句：出自《孟子·离娄上》。　⑥ 刘晦伯：刘爚，字晦伯，朱熹的学生。

翻译

在靖康之难中，钦宗来到敌人的军营。敌人想要降表，钦宗没办法，只得叫侍从之臣孙觌来写，暗中希望孙觌拒不接受诏命，借此得到解脱。但孙觌并不推辞,提笔一挥,马上写成。文中过分贬低我方,来讨好敌人,文辞精致华丽,好像早已写好的那样。敌人非常高兴,以致把金朝皇室权贵掳获的妇女赏赐给他。孙觌也不推辞。以后他常对人说:"人力已很久不能战胜天意了。自古迄今的祸乱,没有一件不是上天所造成的。而当时的士大夫想以人力来战胜天意,所以失败多,成功少,而自己也不免于死。孟子说'顺应天道的人生存,违背天道的人灭亡',就是对此而说的。"有人捉弄他说:"那么你在敌人军营里,对天意非常顺应,能够长寿康健,也是理所当然的了!"孙觌十分惭愧,无话可说。听到这事的人,都感到十分痛快!

  乙巳八月二十三日,和刘晦伯谈话,想到这件事,便记了下来。

大学章句序

　　这篇序文作于宋孝宗淳熙十六年(1189)二月,正碰上孝宗让位,光宗即位。当时朱熹任秘阁修撰,依旧主管西京嵩山崇福宫,闲居在外。《大学》原为《礼记》中的一篇,其中提出了明明德、亲民、止于至善三个纲领,和格物、致知、诚意、正心、修身、齐家、治国、平天下八个条目,作为统治天下的准则;并把个人修身的好坏看成是政治好坏的关键。《大学章句》为朱熹注释《大学》的一部著作。自唐以前,儒者以五经为重。将《论语》《孟子》《大学》《中庸》合称"四书",成于朱熹。朱熹平时教人,必教其先致力于"四书",他一生殚思竭虑,字斟句酌,从事"四书"的注释工作。朱熹认为《大学》是教人的准则,为学的纲领,故学习"四书",应当先读《大学》,以定其规模,然后依次阅读《论语》《孟子》《中庸》。由此,他在"四书"中,对《大学》用力尤深,直到临终前三天,还在修改《大学·诚意章》的注。司马光说自己平生精力全用在《资治通鉴》一书,朱熹也说自己精力全用在《大学章句》这部书中。这篇序文一直被认为是体现了道学根本精神的重要文献。

《大学》之书，古之大学所以教人之法也①。盖自天降生民，则既莫不与之以仁、义、礼、智之性矣。然其气质之禀，或不能齐，是以不能皆有以知其性之所有而全之也。一有聪明睿智能尽其性者出于其间，则天必命之以为亿兆之君师，使之治而教之以复其性。此伏羲、神农、黄帝、尧、舜所以继天立极②，而司徒之职③、典乐之官所由设也④。

三代之隆，其法浸备，然后王宫国都，以及闾巷，莫不有学。人生八岁，则自王公以下，至于庶人之子弟，皆入小学，而教之以洒扫应对进退之节，礼、乐、射、御、书、数之文⑤。及其十有五年，则自天子之元子、众子，以至公、卿、大夫、元士之适子⑥，与凡民之俊秀，皆入大学，而教之以穷理正心修己治人之道。此又学校之教、大小之节所以分也。

夫以学校之设，其广如此；教之之术，其次第节目之详又如此；而其所以为教，则又皆本之人君躬行心得之余，不待求之民生日用彝伦之外。是以当世之人无不学；其学焉者，无不有以知其性分之所固有，职分之所当为，而各俛焉以尽其力。此古昔盛时，所以治隆于上，俗美于下，而非后世之所能及也。

及周之衰，贤圣之君不作，学校之政不修，教化陵夷，风俗颓败。时则有若孔子之圣，而不得君师之位以行其政教，于是独取先王之法，诵而传之，以诏后世。若《曲礼》《少仪》《内则》《弟子职》诸篇⑦，固小学之支流余裔。而此篇者，则因小学之成功，以著大学之明法，外有以极其规模之大，而内有以尽其节目之详者也。三千之徒，盖莫不闻其说，而曾氏之传，独得其宗，于是作为传义，以发其意⑧。及孟子没，而其传泯焉，则其书虽存，而知者鲜矣⑨。

自是以来，俗儒记诵词章之习，其功倍于小学而无用；异端虚无寂灭之教，其高过于大学而无实。其他权谋术数，一切以就功名之说，与夫百家众技之流所以惑世诬民、充塞仁义者，又纷然杂出乎其间。使其君子不幸而不得闻大道之要，其小人不幸而不得蒙至治之泽，晦盲否塞⑩，反复沉痼，以及五季之衰，而坏乱极矣。

天运循环，无往不复。宋德隆盛，治教休明，于是河南程氏两夫子出⑪，而有以接乎孟氏之传，实始尊信此篇而表章之。既又为之次其简编，发其归趣，然后古者大学教人之法、圣经贤传之指，粲然复明于世。虽以熹之不敏，亦幸私淑而与有闻焉⑫。顾其为书，犹颇放失，是以忘其固陋，采而辑之，间以窃附己意，补其阙略，以俟后之君子。极知僭逾无所逃罪⑬，然于国家化民成俗之意、学者修己治人之方，则未必无小补云。

淳熙己酉二月甲子新安朱熹序。

① 大学：古代贵族子弟读书的处所，即太学。大通"太"。 ② 伏羲：神话中人类的始祖。传说人类由他和女娲兄妹相婚而产生。又传他教民结网，从事渔猎畜牧。八卦也出于他的制作。神农：传说中农业和医药的发明者。相传他用木制作耒、耜，曾尝百草，发现药材，教人农业生产和治病。一说神农氏即炎帝。黄帝：传说中中原各族的共同祖先。姬姓，号轩辕氏。相传他得到各部落的支持，击败炎帝，杀死蚩尤，被拥戴为部落联盟领袖。传说中有很多发明，如养蚕、舟车、文字、音律、医学、算数等，都创始于黄帝时期。在古代，黄帝上与伏羲、神农，下与尧、舜，一直被看作是上古时代的圣人。尧、舜：见《壬午应诏封事》。极：顶点，最高地位，过去常用以指帝位。 ③ 司徒：古代主管教化的官。 ④ 典乐：古代掌管朝廷音乐

事务的官。 ⑤礼乐射御书数：礼仪、音乐、射箭、驾车、书法、算术，合称"六艺"。为古代学校的主要教学内容。 ⑥元士：周朝天子的属官。 ⑦《曲礼》：《礼记》篇名，以其委曲陈说吉、凶、宾、军、嘉五礼之事，故名《曲礼》。《少仪》：《礼记》篇名，记载贵族子弟应学的礼仪。《内则》：《礼记》篇名，内容规定妇女在家中的言行，不许超越礼教。《弟子职》：《管子》篇名，记载学生对先生应有的礼仪。 ⑧曾子（前505—前435）：春秋鲁南武城人，名参，字子舆，孔子学生。《大学》原无作者姓名，朱熹推定它为曾子所作。 ⑨孟子：见《壬午应诏封事》注。朱熹认为，曾子将《大学》传于子思，子思传于孟子，孟子之后，其道中绝。 ⑩否(pǐ)：闭塞，不通。 ⑪程氏两夫子：程颢、程颐两兄弟。见《壬午应诏封事》注。 ⑫私淑：未身受其教而宗仰其人。 ⑬僭：见《丞相李公奏议后序》注。

翻译

《大学》这部书，是古代大学用来教人的准则。自从上天创造了人类，同时也已赋予了仁、义、礼、智这四种德性。但人所禀受的气质，差参不齐，因此不能够都意识到自己固有的德性而保全它。一旦有聪明圣智能充分体现德性的人出现在他们中间，那么上天一定叫他做亿兆人的君王和导师，让他治理教育人们，以恢复他们的天性。这就是伏羲、神农、黄帝、尧、舜所以承受天命、登上帝位的原因。至于司徒、典乐等官职，也是由此而设置的。

在夏、商、周三代隆盛时期，法令制度，逐渐完备。此后，王宫国都以及里巷之中，都有学校。人到八岁，那么从王公以下，直到平民百姓的子弟，都要进小学，教他们洒扫庭院、接待宾客的礼节，和礼、乐、射、御、书、数的内容。到了十五岁，那么从帝王的长子、庶子，到公卿、大夫、元士的嫡子，以及平民中间才智出众的人，都进大学，教他们穷尽事理、端正心思、自我修养、治理百姓的道理。这又是学校的教学，分大学、小学两个等级的原因。

由于学校的设立，范围这样广大；教学的方法和次序项目，又是这样完备；所教的内容，都出自君王亲身实践后的心得，不用到人民日常生活和伦理道德之外去求取，因此当时的人没有不学习的；学习的人，都知道什么是他固有的德性，以及职务本分所应做的事，从而各自埋头竭力从事。这就是古代兴盛时期，所以能够上面政治昌明，下面风俗美好，后代不能企及的原因。

到了周朝衰落，贤圣的君王不再产生，教育事业废而不办，教化衰落，风俗败坏。当时虽有像孔子那样的圣人，但没有君师的地位来推行政令教化，于是只能拿出先王的法制，讲习传授，以告诫后人。像《曲礼》《少仪》《内则》《弟子职》各篇，原来都是从小学引申出来的学习项目。而这篇《大学》，则是在完成小学学业的基础上，进一步标举大学明确的准则，形式尽可能使规模宏大，内容尽可能使课程完备。孔子的三千个学生，都听过他的论说，而只有曾子所传授的，真正符合他的本意，因此作了解说经义的文章，来阐发他的思想。到孟子去世后，这种传授，也就中断了，虽然这部书还在，但能理解的人已很少了。

从此之后，一些平庸的读书人，以背诵词章为学业，耗费比小学加倍的精力，但没有什么用处。而像佛、老那样的异端，鼓吹虚无寂灭的说教，论调比大学还要高远，但不切实际；其他权谋术数全力以取功名的说法，以及诸子百家、从事各种技艺的人，用来迷惑当世、欺骗人民、堵塞仁义道德的东西，又在其中乱糟糟地出现。使得君子不幸听不到大道的要义，小民不幸得不到完善政治的恩泽，昏暗闭塞，变幻无常，祸害日深，到了五代衰亡之际，社会的败坏骚乱已达到了极点。

自然的气运，周而复始，往复回还。宋朝道德兴盛，政治教化美满，从而出现了河南程颢、程颐两先生。他们的学说，直接继承了孟子的传授，真正开始尊重信从《大学》这篇文章，并加以显扬。后来又替它排定章节次序，阐发文章宗旨，然后古代大学教人的准则，圣人经典、贤人注释的本意，才在世上重新显现。即使像我这样愚钝的人，也有幸以一个私淑弟子而听到一些。不过程氏的著作，还有不少疏漏之处，因此我不顾自己识见浅陋，采用他们的解说，加以重新编辑，在有些地方附上自己的看法，弥补他们的不足，以待后来君子进行评价。我很清楚这样做超越了身份，无法逃避罪过，但对于国家教化人民形成美好风俗的用意、学者自我修养治理百姓的方法，却未必没有小小的帮助。

淳熙己酉二月甲子新安朱熹序。

楚辞集注序

　　《楚辞》，原为西汉刘向编辑的一部文章总集。全书以屈原作品为主，其余各篇，也都承袭屈赋的形式。因这些作品，都运用楚地的文学样式、方言声韵、风土物产等，具有浓厚的地方色彩，故名《楚辞》。在朱熹之前，比较流行的注本，有东汉王逸的《楚辞章句》和南宋初期洪兴祖的《楚辞补注》。朱熹认为这两部书的成绩，主要在对字句名物的解释上面，而对屈原作品深刻的含意，却缺乏深切的体会，因而在王、洪两书的基础上，重新进行注释，作《楚辞集注》八卷。这部著作成于宋宁宗庆元元年(1195)，据当时人说，是有感于赵汝愚罢相而作的。而这篇序，则作于庆元五年，即朱熹去世的前一年。赵汝愚为南宋大臣，宁宗即位，任右丞相。庆元元年，遭到韩侂胄的陷害，贬放永州，途经衡州遇害。朱熹认为，当时士大夫能忧国忘家的，只有赵汝愚等极少数人，故对其被贬，十分愤慨。这部著作，确实是通过对屈原的历史评价，表达对现实斗争的态度。由于韩侂胄紧接着又斥道学为"伪学"，贬逐朱熹等五十余人，制造了历史上著名的"庆元党禁"，故当时对屈原的评价，也就始终含有现实的意义。朱熹晚年，对注释《楚辞》表现出异乎寻常的热情，直到临终前三天，还修改了其中一段文字。明白了当时的历史背景,对此也就不难理解了。

右《楚辞集注》八卷①,今所校定,其第录如上。

盖自屈原赋《离骚》而南国宗之②,名章继作,通号"楚辞",大抵皆祖原意,而《离骚》深远矣。窃尝论之:原之为人,其志行虽或过于中庸而不可以为法,然皆出于忠君爱国之诚心。原之为书,其辞旨虽或流于跌宕怪神、怨怼激发而不可以为训③,然皆生于缱绻恻怛、不能自已之至意。虽其不知学于北方,以求周公、仲尼之道④,而独驰骋于变风、变雅之末流⑤,以故醇儒庄士或羞称之。然使世之放臣、屏子、怨妻、去妇,抆泪讴吟于下⑥,而所天者幸而听之⑦,则于彼此之间天性民彝之善,岂不足以交有所发,而增夫三纲五典之重⑧?此予之所以每有味于其言,而不敢直以"词人之赋"视之也⑨。

然自原著此词,至汉未久,而说者已失其趣,如太史公盖未能免⑩,而刘安、班固、贾逵之书⑪,世复不传。及隋、唐间,为训解者尚五六家,又有僧道骞者，能为楚声之读，今亦漫不复存，无以验其说之得失。而独东京王逸《章句》与近世洪兴祖《补注》并行于世⑫，其于训诂名物之间⑬，则已详矣。顾王书之所取舍与其题号离合之间，多可议者，而洪皆不能有所是正。至其大义，则又皆未尝沉潜反复、嗟叹咏歌，以寻其文词指意之所出，而遽欲取喻立说，旁引曲证，以强附于其事之已然。是以或以迂滞而远于性情，或以迫切而害于义理，使原之所为抑郁而不得伸于当年者，又晦昧而不见白于后世。

予于是益有感焉。疾病呻吟之暇，聊据旧编⑭，粗加櫽括⑮，定为《集注》八卷。庶几读者得以见古人于千载之上，而死者可作⑯，又足以知千载之下有知我者，而不恨于来者之不闻也。呜呼悕矣⑰，是岂易与俗人言哉！

---

①右：右面。古书繁体直排，所谓"右面"，跟现在简体横排称"上面"是一个意思。又，古书的"序"都放在正文后面，所以称"前文"为"右"。　②屈原：出身楚国贵族，初辅佐怀王，遭谗去职。后因楚国政治更加腐败，国都郢为秦兵攻破，遂投汨罗江而死。所作《离骚》《九章》等篇，表现了他对楚国国事的深切忧念和为理想献身的精

神。参见《复用前韵敬别机仲》注。　③ 跌宕(dàng)：放荡，不拘束。怼怼(duì)：怨恨，不满。　④ 周公：见《壬午应诏封事》注。仲尼：孔子，见《复用前韵敬别机仲》注。　⑤ 变风、变雅：见《诗集传序》注。　⑥ 讴(ōu)：歌唱。　⑦ 所天：在封建社会中，君权、族权、夫权高于一切，故诗文中常以"所天"指君王、父或夫。　⑧ 三纲：见《拜张魏公墓下》注。五典：即五常、五伦。封建礼教指君臣、父子、兄弟、夫妇、朋友间的五种关系。　⑨ 词人之赋：即所谓"辞人之赋"。扬雄《法言·吾子》："诗人之赋丽以则，辞人之赋丽以淫。"诗人之赋，指屈原的骚赋，以屈赋符合《诗经》的写作精神。则，法则，法度。辞人之赋，指屈原学生宋玉、景差、唐勒等人的赋，因这些赋只是铺陈辞藻，失去了诗的讽谕之意。淫，泛滥放荡。"丽"是赋体的共同特点，"则"与"淫"是区分诗人之赋和辞人之赋的界限。　⑩ 太史公：司马迁(约前145或前135—？)，西汉史学家、文学家，字子长，夏阳(今陕西韩城南)人。武帝时，任太史令，因替李陵辩解，得罪下狱，受腐刑。出狱后发愤著书，人称其书为《太史公书》，后称《史记》。　⑪ 刘安(前179—前122)：汉文帝时，袭封淮南王，曾奉武帝命作《离骚传》。又招致宾客方术之士数千人，集体编写《鸿烈》一书，即今所传《淮南子》。班固(32—92)：东汉扶风安陵(今陕西咸阳东北)人，字孟坚。继承父志，历二十余年，修成《汉书》。贾逵(30—101)：东汉扶风平陵(今陕西咸阳西北)人，字景伯，著作甚多。　⑫ 王逸：东汉南郡宜城(今湖北宜城南)人，字师叔，他的《楚辞章句》，是现存最早的《楚辞》注本。洪兴祖(1090—1155)：南宋丹阳(今江苏丹阳)人，字庆善，著有《楚辞补注》等。　⑬ 训诂：见《诗集传》注。名物：名号物色。　⑭ 旧编：指王逸的《章句》和洪兴祖的《补注》。　⑮ 臐(yǐn)

括：也作檃栝，矫正竹木弯曲的工具。后用以指对原有文章的内容、情节加以剪裁或修改。　⑯作：兴，起。　⑰悕（xī）：悲伤。

翻译

右面《楚辞集注》八卷，现在经过校对审定，目录次序如上。

自从屈原作了《离骚》，南方文士，尊崇归向，名篇相继而出，后人通称"楚辞"。这些文章，大多效法屈原的用意，但《离骚》意尤深远。我曾私下议论：屈原的为人，他的志向和操守，虽然有时不合中庸之道，不足效法，但都出于忠君爱国的一片真心。屈原作品的内容，虽有放纵不拘、神奇古怪、怨望不满、愤激奋发的倾向，不可作为准则，但都从缠绵悱恻、忧思伤痛、无法控制的深情厚意中产生。虽然他不知到北方学习，以求周公、孔子之道，而只是继承了变风变雅的余绪，因此学识纯正的儒者，行为端庄的读书人，有的就不愿称道他。但他使得人世间被放逐的官吏、被赶走的儿子、怀着怨恨的妻妾、被遗弃的妇人，在下面抹着眼泪歌唱咏叹，而他们的君王、父亲、丈夫，正好有机会听到，那么对于双方关系中美好的天性伦理，难道不可以相互感发而更加显示三纲、五常的重要？所以我对他的言辞，一直感到很有意义，而不敢仅仅看作文人的辞赋。

但是，自从屈原作了这种文辞，到汉代还没多久，论说的人，已经失去了他的宗旨，即使太史公也不免如此。而刘安、班固、贾逵有关《离骚》的著作，都没能流传下来。到隋唐年间，替《离骚》

作训诂解释的尚有五六家。还有个道骞和尚，能够用楚调来朗读，现在也已散失，没有保留下来，无从检验他们解说的优劣。只有东汉王逸的《楚辞章句》和近代洪兴祖的《楚辞补注》，同在世上流传。它们在解释文义、分辨事物名称方面，可以说已很详尽了。不过王书所采用和舍弃的，以及标题评说是否符合本意，有很多可议的地方，而洪氏都没有订正。至于《离骚》所包含的深远意义，那么两人又都未能沉浸其中，反复歌吟咏叹，以寻求屈原的文辞含义从何而来；而急于采用比喻，提出看法，广泛援引，曲折论证，来牵强附会原已存在的事实。因此有的地方迂阔拘泥，不切性情；有的地方又窘迫急切，违背常理，致使屈原当年郁郁不得志的心情，又变得模糊不清，不能被后人理解。

我因此感慨更深了。在养病的空闲时候，暂且根据原有的书，略加修改，定为《集注》八卷。或许可使读者由此了解古人千年之前的隐衷；而死者如可复生，也会知道千年之后还有能理解自己的人，而不再怨恨后世没有知己了。唉，真可悲啊！我这番用意，又怎能轻易向俗人说呢？

黄子厚诗序

本文作于宋宁宗庆元五年(1199)七月,距朱熹去世不到一年。作为一个道学家,朱熹反对在诗文中表现偏激的感情,主张以温厚为学诗之本,强调以"持敬"为核心的道德心性的修养。但另一方面,尽管他无时不忧虑国事,但又与世不能相容,一度真有"跋前疐后,动辄得咎"之势。这些都深深刺激着朱熹,使他心怀不平,并在言行中表现出来。唯其如此,他对黄铢发愤而作的诗文,不但能够理解,而且还为之感动,写下了这篇交织着身世之感、充满了痛惜之情、郁勃不平、感慨激昂的序文。

余年十五六时,与子厚相遇于屏山刘氏之斋馆,俱事病翁先生①。子厚少余一岁,读书为文,略相上下,犹或有时从余切磋,以进其所不及。后三四年,余犹故也,而子厚一旦忽踊跃骤进,若不可以寻尺计②,出语落笔,辄惊坐人。余固叹其超然不可追逐,而流辈中亦鲜有能及之者。自尔二十余年,子厚之诗文日益工,琴书日益妙,而余日益昏惰,乃不能及常人。亦且自念其所旷阙,

又有急于此者，因遂绝意，一以顽鄙自安，固不暇复与子厚度长絜大于文字间矣③。既而子厚一再徙家崇安、浦城④，会聚稍希阔。然每得其诗文笔札，必为之把玩赏叹，移日不能去手。

盖子厚之文学太史公⑤，其诗学屈、宋、曹、刘而下及于韦应物⑥，视柳子厚犹以为杂用今体⑦，不好也。其隶古尤得魏、晋以前笔意，大抵气韵豪爽而趣味幽洁，萧然无一点世俗气。中年不得志于场屋⑧，遂发愤谢去，杜门读书，清坐竟日，间辄曳杖行吟田野间，望山临水以自适。其于骚词⑨，能以楚声古韵为之节奏，抑扬高下、俯仰疾徐之间，凌厉顿挫，幽眇回郁，闻者为之感激慨叹，或至泣下。由是其诗日以高古，遂与世亢⑩，至不复可以示人；或者得之，亦不省其为何等语也。独余犹以旧习未忘之故，颇能识其用意深处，盖未尝不三复而深悲之，以为子厚岂真坐此以穷，然亦不意其遂穷以死也。

衰暮疾痛，余日几何，而交旧零落，无复可与语此者。方将访其遗稿，椟而藏之，以为后世必有能好之者。而一日三山许闳生来访⑪，袖出子厚手书所为诗若干篇、别抄又若干篇以示余。其间盖又有余所未见者。然后盖知子厚晚岁之诗,其变化开阖,恍惚微妙,又不止余昔日之所知也。为之执卷流涕,而识其后如此。

子厚名铢,姓黄氏,世家建之瓯宁⑫,中徙颍昌且再世。母孙读书能文,昆弟皆有异材,而子厚所立卓然,尤足以自表见,顾乃不遇而厄穷以死,是可悲也!许生尝学诗于子厚,得其户牖⑬,收拾遗文,其多乃至于此,拳拳缀缉,师死而不忍倍之,是又可嘉也已。

庆元己未七月壬子,云谷老人书⑭。

---

①"余年十五六"三句:朱熹十四岁时,父朱松病故,遗嘱叫他向绩溪胡宪、白水胡勉之、屏山刘子翚求教。朱熹遵守遗训,拜三人为师。病翁:刘子翚号。见《伏读二刘公瑞岩留题追次元韵二篇》文前说明。 ②寻:古代八尺为寻。 ③度长絜大:比较长短大小。度,量,计算。絜(xié),审度。 ④崇安、浦城:县名,今属福建省。 ⑤太史公:见《楚辞集注序》注。 ⑥屈:屈原,见《复用前韵敬别机仲》注。宋:宋玉,战国楚人,或称是屈原弟子,作品有《九辩》等。曹,曹植(192—232),字子建,沛国谯县(今安徽亳州)人。曹操第三子,擅长诗文,有《曹子建集》传世。刘,刘桢(?—217),汉末东平(今属山东)人。字公幹,为"建安七子"之一。韦应物(737—约792):唐京兆长安(今陕西西安)人。诗以写田园风物著名,有《韦苏州集》。

⑦柳子厚:柳宗元(737—819),唐河东解(今山西运城)人,字子厚。与韩愈一起倡导古文运动,并称"韩柳"。诗与韦应物齐名,并称"韦柳"。有《柳河东集》。　⑧场屋:旧时科举考试的地方,也称科场。　⑨骚词:即骚体文词。屈原作《离骚》,以后模仿其体的谓之骚体,也称"楚辞体"。　⑩亢:抵御。　⑪三山:福州因旧城中有九仙山、闽山、越王山三座山,故又有三山之称。　⑫建之瓯宁:建,建宁府,治所在今福建福州。瓯宁,县名,辖境相当今福建建瓯市。　⑬户牖(yǒu):门窗,此作门径解。　⑭云谷老人:朱熹当时居住在福建建阳县,云谷在建阳西北七十里芦山峰顶。淳熙二年(1175),朱熹在此筑晦庵草堂,寓居读书。此以云谷老人自称。

翻译

我十五六岁的时候,和子厚在屏山刘家书房相逢,两人都拜病翁先生为师。子厚比我小一岁,读书作文的程度,相差不多,有时还要跟我一起讨论,来弥补他的不足。过了三四年,我还同以前一样,而子厚一时间忽然进步神速,似乎难以估量;发表议论,撰写文章,总使在座的人感到惊奇。我固然为他遥遥领先不可企及而感叹,就是同辈中也罕见能和他相比的人。从此二十多年,子厚作诗著文,功力日益深厚,弹琴写字,也日益精妙;而我却日益糊涂懒散,以至比不上普通人。同时想到自己的荒废欠缺,还有比学文更为急迫的,于是干脆断绝了学文的念头,心安理得地以愚顽鄙陋自居,当然也没空和子厚在文辞方面争胜了。后来子厚两次搬家,到崇安、浦城住下,见面的机会少了些。但我每当收到他的诗文书信，总是拿着欣赏赞叹，长久不能放下。

子厚的文章学习太史公，诗学习屈原、宋玉、曹植、刘桢，一直到韦应物。对于柳子厚的诗，他还认为其中杂用今体而不太喜欢。他用隶书写定的古体字，更得魏、晋以前书法的意态风神，大都气韵豪爽，而趣味雅洁，潇洒超逸，没有一点世俗习气。子厚在壮年，因参加科举考试一直没有成功，于是愤然抛弃科举考试，闭门读书，终日闲坐，有时拖着手杖，在田野间漫步吟咏，或望远山，或到水边，以寻求乐趣。对于骚体，能用楚调古韵组成诗的节奏，高低起伏、上下快慢之间，气势逼人，声调转折，意境幽远，风格沉郁，使人听了，无不为之感动慨叹，有的甚至还掉下眼泪。从此他的诗日益高超古朴，和世俗不能相合，以至不能再给人观看；即使有人看到，也不明白他在说些什么。只有我因为还未忘掉原先的爱好，很能理解他作品的深意，总是再三观看，为他深深地悲哀，心想子厚难道真的因为作诗而落到困苦之境吗？但也没有想到他竟这样穷困地死去了。

我年老多病，活在世上，还能有多少日子？过去的老友，都已衰亡，再没有可以交谈的人了。正要访求子厚的遗稿，放在木匣里保藏起来，心想后世一定有能够喜爱它的人。一天三山许闿生来见，从袖中拿出子厚亲笔所写的一些诗，又另抄了一些诗给我看，其中还有我以前没有见到过的。这样就更加了解子厚晚年所作的诗，若隐若现，变化无穷，精微神妙，难以捉摸，还不止是我从前所知道的一些东西。为此，我拿着他的诗卷，泪流满面，把这些感受记在他的诗后。

黄子厚诗序

子厚,名铢,姓黄。世代居住在建宁的瓯宁县,中间迁居颍昌,已有两代。母孙氏爱好读书,擅长作文,兄弟都有非凡的才干,而子厚杰出的成就,尤其能够显现自己。但他却生不逢时,穷困地死去,这真是太可悲了!许生曾经跟子厚学诗,得到他的门径,所收集的遗文如此之多,并勤恳地进行编辑,老师死后,仍不忍背弃他,这又多么值得称赞啊!

庆元己未七月壬子,云谷老人写。

中华文史名著精选精译精注(全民阅读版)
已出书目

书　名	导读人	审阅人
贾谊集	徐超、王洲明	安平秋
司马相如集	费振刚、仇仲谦	安平秋
张衡集	张在义、张玉春、韩格平	刘仁清
三曹集	殷义祥	刘仁清
诸葛亮集	袁钟仁	董治安
阮籍集	倪其心	刘仁清
嵇康集	武秀成	倪其心
陶渊明集	谢先俊、王勋敏	平慧善
谢灵运鲍照集	刘心明	周勋初
庾信集	许逸民	安平秋
陈子昂集	王岚	周勋初、倪其心
孟浩然集	邓安生、孙佩君	马樟根
王维集	邓安生等	倪其心
高适岑参集	谢楚发	黄永年
李白集	詹锳等	章培恒
杜甫集	倪其心、吴鸥	黄永年
元稹白居易集	吴大逵、马秀娟	宗福邦
刘禹锡集	梁守中	倪其心
韩愈集	黄永年	李国祥
柳宗元集	王松龄、杨立扬	周勋初
李贺集	冯浩菲、徐传武	刘仁清
杜牧集	吴鸥	黄永年

续表

书　　名	导读人	审阅人
李商隐集	陈永正	倪其心
欧阳修集	林冠群、周济夫	曾枣庄
曾巩集	祝尚书	曾枣庄
王安石集	马秀娟	刘烈茂、宗福邦
二程集	郭齐	曾枣庄
苏轼集	曾枣庄、曾弢	章培恒
黄庭坚集	朱安群等	倪其心
李清照集	平慧善	马樟根
陆游集	张永鑫、刘桂秋	黄葵
范成大杨万里集	朱德才、杨燕	董治安
朱熹集	黄珅	曾枣庄
辛弃疾集	杨忠	刘烈茂
文天祥集	邓碧清	曾枣庄
元好问集	郑力民	宗福邦
关汉卿集	黄仕忠	刘烈茂
萨都剌集	龙德寿	曾枣庄
王阳明集	吴格	章培恒
徐渭集	傅杰	许嘉璐、刘仁清
李贽集	陈蔚松、顾志华	李国祥、曾枣庄
公安三袁集	任巧珍	董治安
吴伟业集	黄永年、马雪芹	安平秋
黄宗羲集	平慧善、卢敦基	马樟根
顾炎武集	李永祜、郭成韬	刘烈茂
王士禛集	王小舒、陈广澧	黄永年
方苞姚鼐集	杨荣祥	安平秋
袁枚集	李灵年、李泽平	倪其心
龚自珍集	朱邦蔚、关道雄	周勋初